PRIX : **60** centimes.

Octave PRADELS

AGENCE MATRIMONIALE

ROMAN

PARIS

ERNEST FLAMMARION, Éditeur

26, rue Racine, 26

AGENCE MATRIMONIALE

DU MÊME AUTEUR

ÉMILE COLIN — IMPRIMERIE DE LAGNY

OCTAVE PRADELS

AGENCE MATRIMONIALE

ROMAN

PARIS

ERNEST FLAMMARION, ÉDITEUR

26, RUE RACINE, 26

ja
u
ra
fe
tr
ca

bl
va
ra
sc

AGENCE MATRIMONIALE

PREMIÈRE PARTIE

I

UN MISANTHROPE POUR RIRE

C'était dans la matinée d'un triste jour de janvier. Du ciel gris sale tombait incessamment une fine pluie qui, fouettée par de fréquentes rafales du sud-ouest, s'abattait sur les vitres des fenêtres, interceptant le peu de clarté tamisée à travers d'épais nuages, courant si bas qu'ils cachaient le faîte des hauts édifices.

Dans un salon bourgeoisement et confortablement meublé de la rue de Turenne, une servante, achevant d'épousseter les tableaux et de ranger les bibelots d'une étagère, se livrait à un soliloque passionné.

Parfois, elle s'arrêtait dans sa besogne, croi-

...it les bras, hochait vigoureusement la tête; puis, soudain, le plumeau dressé vers un ennemi invisible, elle recommençait son monologue, haché par des exclamations et des jurons villageois, qui sentaient leur picard d'une lieue. Bientôt la colère faisait place à l'attendrissement, et, du coin de son tablier bleu, elle essuyait une larme furtive.

— Pauvre chérie !... Dire que je l'ai connue pas plus haute que ça !... Elle est si jolie, si bonne, elle m'aime tant !... Oh! les hommes! est-ce qu'on ne devrait pas les pendre tous, ces gredins-là !... Pas tous... il y en a peut-être de bons... mais ils se cachent si bien, ceux-là, qu'on ne sait où les dénicher. Elle va mourir de chagrin, bien sûr !... Comment faire ?... Oh! le brigand ! si je le tenais !...

Et les mains rougeaudes de la robuste Rose étreignaient le plumeau comme si c'eût été le cou de l'interpellé, heureusement pour lui, hors de portée.

Tout entière à son émotion, Rose ne s'apercevait pas qu'elle recommençait sans cesse le même ouvrage et, pour la troisième fois, époussetait une potiche cloisonnée de la Chine ; aussi le coup de sonnette qui retentit tout à coup à la porte d'entrée n'aurait eu aucun effet, s'il n'eût été suivi d'un carillon infernal, témoignant d'une patience discutable à l'actif du visiteur.

Rose, toujours marmottant entre ses lèvres ses diatribes contre les hommes, alla ouvrir et revint presque aussitôt dans le salon, suivie du carillonneur qui paraissait être aussi dans un état de surexcitation extrême.

Le chapeau vissé sur la tête, il se planta droit devant la bonne, tout près, les yeux dans les yeux, et, d'une voix brusque, il demanda :

— Comment ça va-t-il, aujourd'hui ?

— Pas mal, merci, sauf un peu de migraine que j'ai...

— Qu'est-ce que ça peut me faire que tu aies la migraine ?... Je te demande comment ça va, ici... la maison... le colonel... Marcelle...

— Ah ! ça m'étonnait aussi de vous voir aimable une fois.

Il est indispensable que nous présentions dès à présent à nos lecteurs le personnage qui venait d'aborder avec une brusquerie quasi insolente la pauvre Rose, laquelle, d'ailleurs, ne paraissait pas s'émouvoir outre mesure de cette façon d'agir.

Il avait nom Dutilloy (Edouard-Edmond).

C'était un type original, amusant et rare... trop rare. Bourru bienfaisant, fanfaron de vices, misanthrope en imagination, c'était le plus excellent cœur qu'on pût rêver. Tout le monde était d'accord là-dessus, mais personne ne se serait avisé

de le lui dire, car c'eût été le mettre dans une colère
épouvantable. Il posait pour l'homme méchant,
égoïste, inutile, et, ces qualités qu'il se donnait,
il en gratifiait toute l'humanité.

Rien ne trouvait grâce devant ses yeux :
chaque acte de son prochain était un cas pen-
dable et la vertu un mot ridicule. Il condamnait
tout, trouvant tout condamnable.

Il n'avait aux lèvres que mépris, scepticisme
et dureté ; tandis que son cœur — la seule chose
qu'il ignorât absolument — était fait d'indulgence,
de croyance et de bonté.

Né riche, il raillait la destinée aveugle d'avoir
si mal choisi son élu. Il se traitait de parasite et
n'avait pas de termes assez méprisants pour qua-
lifier l'oisiveté dont il était — disait-il — l'incarnation sur la terre. Or, le bon Dutilloy n'avait
pas une minute de perdue, lisant, étudiant, courant de l'hôtel des ventes aux marchands de
bric-à-brac, assiégeant les magasins de librairie
le jour de la mise en vente d'une nouveauté litté-
raire — quoiqu'il affichât hautement son dédain
pour la littérature moderne — et suivant avec assi-
duité les expositions de peinture — bien qu'il déclarât sans talent les faux peintres d'aujourd'hui.

Comptez encore les courses à faire pour les
amis, dont il était le commissionnaire perpétuel
sans s'en douter, et vous jugerez si cet oisif

n'était pas le travailleur le plus acharné de la classe des rentiers parisiens.

Ce qu'il reprochait surtout aux hommes de son époque, c'était leurs progrès dans la science. Chaque nouvelle invention l'horripilait. Il niait le besoin d'aller plus avant dans la recherche de l'inconnu, et soutenait, à l'aide d'effroyables paradoxes, que l'ignorance est la source du bonheur, et la civilisation, la désagrégatrice du genre humain, déjà corrompu de naissance.

Et le bonhomme, fidèle à son adorable et constant illogisme, avait de ses deniers fait bâtir une école dans son village natal.

Au physique, c'était un homme de soixante-huit ans, petit, portant longs des cheveux blancs bouclés qui encadraient un front large et intelligent; avec deux petits yeux vous regardant, très doux, malgré les efforts faits pour les rendre terribles; de gros sourcils sans cesse agités par les colères d'enfant du bonhomme; des joues et un menton soigneusement rasés tous les matins; un nez un peu gros, trop long, surplombant au-dessus d'une large bouche, encore bien garnie, dont la lèvre inférieure, épaisse, s'avançait légèrement et dénotait la bonté. Tel était l'original qui venait d'arracher brusquement Rose à son époussetage et d'interrompre son monologue incohérent.

Il frappa le parquet de sa canne et fronça ses gros sourcils.

— Je n'ai pas besoin d'être aimable... Je suis ce qu'il me plaît d'être... Je te demande si le colonel est plus calme.

— Il ne dit pas un mot, il est triste que ça fait pitié ; la maison a l'air d'un tombeau.

— Ah !... et madame ?

— Madame ?... elle pleure tout le temps... Et mademoiselle aussi. Dame ! les larmes, c'est notre lot à nous autres femmes.

— Tu pleures donc aussi quelquefois, toi ?

— Tiens ! pourquoi pas ? Est-ce que je ne suis pas une femme comme les autres ?...

— Mais si... et, même, tu n'as pas dû être trop mal... dans le temps.

— Dans le temps ?... dites-donc... je n'ai que trente-deux ans, vous savez.

— Qu'est-ce que ça me fait ? — interrompit violemment Dutilloy en arpentant le salon. — Je ne suis pas venu ici pour que tu me racontes toute ta vie... et les crimes que tu as dû commettre... Je suis venu pour te demander les détails de cette scène terrible qui a failli coûter la vie à Marcelle et qui coûtera le repos à mes vieux amis.

— Ah ! vous les aimez bien, vous aussi ?

— Moi ?... je n'aime personne... Je connais les Donval depuis longtemps, voilà tout.

—Toujours le même — murmura Rose qui ne put réprimer un sourire.

— Alors, tu dis?...

— Vous savez que M. Paul de Rassenetz...

— Je sais... Je sais... passe... tu vas comme une tortue! — s'écria le bouillant Dutilloy — Paul de Rassenetz faisait la cour à Marcelle qui l'écoutait, l'innocente! Le colonel, trompé par les façons brillantes du gredin, par sa faconde — à laquelle, moi aussi, je me suis laissé prendre comme un imbécile que je suis — encouragé par sa bonne femme et par sa fille, a accueilli favorablement les visites du vaurien, lequel en a profité pour rendre Marcelle amoureuse folle de lui.

— Oui, et...

— Et au bout de quelque temps, alors qu'on attendait que Paul se déclarât, ce vilain monsieur, sous le prétexte d'une affaire à plaider en Belgique, — car il s'était fait passer pour un avocat — ce vilain monsieur a filé.

— Et il n'a pas reparu depuis. Le mal n'aurait pas été grand... un homme de perdu, dix de retrouvés... la marchandise n'est pas rare; mais ma pauvre demoiselle avait cédé à son cousin et ne pouvait plus malheureusement douter de sa situation.

— Comment a-t-elle pu oublier ainsi ses devoirs... se laisser...

— Vous êtes bon, vous! — s'exclama Rose —
les devoirs !... est-ce qu'une pauvre fille sans dé-
fiance qui s'est laissé prendre tout son cœur peut
croire à tant de méchanceté? Quand on lui jure
de l'aimer toujours, d'être son époux bientôt,
qu'on lui tourne la tête avec un tas de mensonges
et de promesses.

— Ce n'est pas une raison pour...

— Taisez-vous! tenez, vous n'y comprenez
rien, aux femmes. Oh! ce brigand! ce vaurien!
ce propre-à-rien! ce...

— Dis simplement : cet homme... Ça résume
toutes les épithètes.

— Alors — poursuivit Rose — mademoiselle a
supplié M. Paul de presser le mariage, de la demander à son père, et le lâche a fini par répondre
cette lettre qui a fait connaître la vérité au colonel.

— Mais, qui a montré cette lettre à Donval?

— Personne. Le malheur a tout fait. D'ailleurs, il fallait bien que ça se sache un jour ou
l'autre. Monsieur et madame étaient ici, au salon, quand mademoiselle, dans sa chambre à
côté, a reçu la lettre où le séducteur disait qu'il
était désolé... ruiné... obligé de partir... et un
tas d'autres horribles menteries ; qu'il ne pouvait pas réparer ses torts, quant à présent. En
lisant cette affreuse lettre, mademoiselle pousse

un cri et tombe évanouie sur le parquet. Nous accourons tous auprès d'elle et le colonel ramasse la lettre glissée à terre...

— Qui contenait la preuve du déshonneur de Marcelle.

— Du déshonneur de ce Paul — répliqua énergiquement Rose — Est-ce que ce n'est pas l'homme qui devrait être déshonoré dans ces cas-là? Nous sommes sans défense, nous. Pauvre mademoiselle! Ah! je vous le jure, monsieur Dutilloy, je voudrais que ce soit moi au lieu d'elle. Nous autres, au village, ça ne tire pas à conséquence. On dirait: « La Rose a fauté », puis voilà tout... personne ne me jetterait la pierre.

— Et tu verrais doubler tes gages en montant au grade de nourrice. Mais dans notre monde, — triste monde! — il n'en est pas de même. La déloyauté d'un homme entache à jamais la réputation d'une femme.

Et Dutilloy, arrachant le plumeau des mains de Rose, s'escrima dans le vide contre l'humanité.

— Et tu voudrais que je ne méprise pas les hommes quand j'assiste à ces honteux spectacles? Tu voudrais que je m'intéresse à quelque côté de cette humanité pourrie? Tu voudrais...

— Moi, je ne veux rien du tout, — interrompit Rose, en ressaisissant, non sans peine, son plumeau.

Dutilloy, désarmé, se laissa tomber dans un fauteuil et, hochant la tête, il murmura sur un ton de sincère affliction :

— Quel malheur! Quel malheur!

Rose le considérait, attendrie.

Depuis dix ans qu'elle servait les Donval, avec le dévouement et la fidélité d'un caniche, elle connaissait ce brave Dutilloy et une certaine familiarité s'était établie entre eux.

La misanthropie du bonhomme provoquait ordinairement ses éclats de rire sonores et prolongés dont tous s'amusaient, et Dutilloy aimait cette grosse Rose pour le sans-façon avec lequel elle lui répondait et le tarabustait au besoin.

Mais l'heure n'était pas aux plaisanteries, aucune de leurs querelles familières ne leur venait en tête.

— N'empêche que vous les aimez bien, les Donval, — dit Rose au bout d'un instant de silence.

— Moi! — s'écria Dutilloy ramené par ces paroles à sa marotte favorite, et il se remit à arpenter le salon, — Moi!... pas le moins du monde! J'ai l'air de m'y intéresser parce qu'il faut toujours avoir l'air de s'intéresser à quelque chose. Et puis, ça occupe l'esprit... et mes digestions se font bien. Moi, je ne connais qu'une chose de

laquelle il faille se préoccuper, c'est là digestion.
Je digère, donc je n'ai besoin de personne. Pas
besoin de médecin qui m'invente des maladies
et finit par me persuader que je suis un foyer
d'épidémies. Mais tu ne peux pas comprendre
tout ça, toi?

— C'est ça... je suis si bête!... — et railleuse,
Rose ajouta : Ah! quel égoïste vous faites, monsieur Dutilloy!

— N'est-ce pas? — et la figure de Dutilloy s'illumina; on ne pouvait pas lui faire un plus grand
plaisir que de l'appeler : égoïste — Tu as raison,
je suis un égoïste... et je m'en vante. Être égoïste,
c'est être fort. C'est dominer les autres... c'est
être heureux. Vivre pour soi, ne penser qu'à
soi et se mépriser même, c'est la quintessence
de la sagesse. Si j'étais Russe, je me serais fait
nihiliste, nihiliste de l'extrême-gauche, encore.
Je comprends Néron... Tu ne sais pas ce que
c'était que Néron?

—Néron?... si... chez mes premiers maîtres,
le chien du garde s'appelait comme ça.

— Ce n'est pas le même. Néron était un...

Un bruit de porte qui s'ouvrait coupa la parole
à Dutilloy.

— C'est le colonel, — lui dit vivement Rose à
mi-voix.

Et elle disparut par le côté opposé du salon.

II

MONSIEUR ET MADAME DONVAL

Le colonel Donval avait soixante-dix ans.

Grand, de forte corpulence, droit et solide comme un chêne, avec sa grosse moustache et sa barbiche blanches, ses cheveux drus et ras, il offrait le type complet de l'officier supérieur en retraite.

Son front, sillonné de trois grosses rides, était fendu verticalement par une balafre profonde, souvenir d'un yatagan arabe, pendant l'expédition de la grande Kabylie. La joue droite montrait par deux cicatrices rondes, d'un rose pâlissant d'année en année, le trajet qu'avait parcouru une balle russe lorsqu'il montait à l'assaut du Mamelon-Vert, en Crimée, ce qui lui avait valu la croix de commandeur. Sans compter ce qu'on ne voyait pas : un coup de baïonnette autrichienne dans la cuisse gauche, attrapé à Solférino; une balle mexicaine en plein bras, reçue à l'attaque des maisons de Puebla, au début de la campagne du Mexique; plus un éclat d'obus à l'épaule et dont il avait failli mourir, à Champigny, où il commandait un régiment de marche, après s'être échappé des mains des Prussiens à la capitulation de Bazaine.

Cette dernière blessure avait terminé sa carrière militaire, l'épaule n'ayant jamais pu recouvrer son élasticité primitive.

Il avait laissé de sa peau un peu partout : les projectiles et l'acier ennemis l'avaient décomplété par-ci, par-là; mais ni les balles, ni les baïonnettes, ni les obus n'avaient pu entamer cette joviale humeur qui lui avait fait des amis de tous ceux l'ayant approché pendant sa longue carrière, et sa gaieté lui était restée aussi intacte que sa réputation de loyal soldat.

Mais depuis trois jours, hélas ! un vent de malheur avait soufflé sur cette maison jusque-là si heureuse et Dutilloy, en voyant entrer le colonel qu'il avait pourtant quitté la veille au soir, ne put retenir un mouvement de surprise tant la figure de son vieil ami révélait de souffrance.

Le bon gros sourire stéréotypé sur les lèvres

du colonel avait fait place à un amer rictus et les yeux, naguère si vifs, regardaient maintenant mornes, fixes, droit devant eux, sans voir, sous les sourcils contractés qui creusaient une ride plus profonde que la balafre du front.

Le colonel tenait un journal qu'il froissait en marchant.

Il prit la main que lui tendait Dutilloy, marmotta un bonjour inintelligible et s'affaissa dans un fauteuil au dossier duquel madame Donval, qui le suivait, vint s'accouder, regardant son mari avec cette ineffable expression d'angoisse d'une mère interrogeant de l'œil son enfant malade.

Pauvre femme ! Elle aussi semblait en ce moment une incarnation vivante de la douleur.

Elle qui n'avait jamais connu que ce souci d'aimer son mari et sa fille, tout son univers ; de veiller à ce qu'ils ne pussent désirer quelque chose, tant était prévenant son amour ; aujourd'hui courbée sous le malheur immérité, elle souffrait, moins encore de sa propre souffrance que des tortures qui accablaient ces deux êtres adorés.

Deux sillons rouges, courant de ses yeux à sa bouche, trahissaient la brûlure des larmes répandues.

Dutilloy faisait des efforts surhumains pour

trouver quelque chose à dire, une consolation banale, un mot amical ; il ne parvenait pas à articuler le moindre son ; l'émotion que lui causait le terrible état de ses vieux amis paralysait sa facile éloquence d'habitude.

Tout à coup, le colonel redressa la tête ; son œil se ralluma dans un éclair, et, vibrante, sa voix, ainsi qu'aux beaux jours où il commandait la charge, tonna dans la profondeur mal éclairée du salon, comme si elle s'adressait à la destinée injuste :

— Ainsi, j'ai vécu soixante-dix ans ! j'en ai donné cinquante à mon pays, estimé de mes chefs, aimé de mes soldats, honoré par tous. J'ai versé sur les champs de bataille un sang légué par mes aïeux, pur de toute félonie. Je suis arrivé au bout de ma carrière sans avoir à rougir d'une seule étape parcourue, et il faut qu'en un instant tout ce passé d'honneur sombre dans la boue ! Depuis trois jours, je me suis recueilli. J'ai revécu par la pensée toute ma vie ; j'ai revu tout le passé pour y trouver la faute qui me vaut ce châtiment... rien !... Je ne me suis pas souvenu d'une seule action que je puisse me reprocher. J'ai aimé les miens... de mon mieux. J'étais fier du devoir accompli, de l'avenir facile et paisible... et tout cela s'engloutit sous le malheur, sous la honte, parce qu'il a plu à un lâche d'entrer dans ma maison, et parce qu'une misérable...

— Oh ! mon ami... — et madame Donval ferma de sa main la bouche vengeresse.

Le colonel repoussa sa femme et se leva, terrible.

— Parce qu'une misérable a écouté ce lâche !

— Mon ami, je t'en prie...

— N'avoir eu dans sa vie qu'une ligne de conduite, qu'une ambition, qu'un but : l'honneur, et en arriver un jour à faire mettre ceci dans les journaux.

Et, soulevant d'une main tremblante le journal à la hauteur de ses yeux, le colonel lut, les lèvres serrées par une cruelle ironie :

— « A marier : Jeune fille, bonne famille... 400,000 francs de dot... tache... pressé. »

Il se couvrit le visage avec les mains et, retombant dans le fauteuil, il murmura, étouffant un sanglot :

— C'est affreux !

Madame Donval s'était mise à ses genoux, lui prenant les mains, les baisant, et d'une voix douce, suppliante, où toute son âme pleurait, elle lui dit :

— Charles... mon ami... mon bon Charles... laisse-moi partir avec elle... loin... bien loin... dans un endroit perdu où personne ne nous verra

jamais ; nous vivrons cloîtrées. Sous un nom
supposé, qui nous devinera ?... Je t'en supplie,
pardonne ! Songe que nous n'avons qu'elle. C'est
notre petite Marcelle que tu aimais tant... qui te
causait si gentiment... ton petit démon, comme
tu l'appelais... ton trésor chéri. Elle est si bonne,
si malheureuse !... Oui, je sais... ne t'emporte
pas... tu as raison... elle est coupable, très coupable, mais si tu voyais dans quel état elle est, tu
lui pardonnerais. Voyons... laisse-la moi... nous
partirons tout de suite... tu viendras me retrouver plus tard... non... jamais... quand tu voudras,
enfin. Mais ne la livre pas à quelque aventurier...
méprisable... que l'appât de sa dot va tenter...

— Non... laisse-moi... il le faut !

Et pour la seconde fois depuis vingt ans, le
colonel repoussa sa femme qui s'en alla tomber
devant une chaise, les mains croisées, priant, devant un autel invisible, la Divinité qui doit la
miséricorde aux mères.

Dutilloy, qui toussait comme une demi-
douzaine d'asthmatiques pour dissimuler ses sanglots, parvint enfin à dégager sa langue paralysée,
et, s'avançant vers le colonel, il lui mit la main
sur l'épaule.

— Tu ne peux pas faire ça... livrer ton enfant
à un inconnu...

— Mais, c'est toi qui me l'as conseillé.

2

— Oui, mais ça ne prouve rien. Je n'ai que des mauvaises idées... Je suis un sans-cœur, moi, c'est connu ; il ne faut jamais me prendre au sérieux. Tu voulais à tout prix éviter qu'on sût le malheur qui te frappe. Et comme, malgré mes courses insensées, je n'ai pu retrouver le séducteur, qu'on croit filé à l'étranger, je t'ai conseillé bêtement d'avoir recours à une agence matrimoniale, sachant par expérience que, tous les hommes se ressemblant, le hasard valait le choix. J'ai même été voir une horrible femme qui se mêle de ces trafics-là. Mais, j'ai réfléchi, ce serait un mauvais moyen, peu digne de toi... une folie, en somme ; et la proposition de madame Donval, de se retirer avec Marcelle, me paraît meilleure...

— Non — interrompit le colonel avec violence — Non ! il faut un père à l'enfant qui naîtra. Quel que soit l'homme qui se présentera, si le nom qu'il porte n'est pas flétri, il épousera... cette fille, et c'est nous, nous qui partirons loin... bien loin... dans un coin ignoré des Alpes où le temps ne fermera jamais ma blessure, mais où la rumeur du monde n'arrivera pas. Nous avons huit cent mille francs de fortune ; je réalise tout. J'en donne la moitié à celui que j'accepterai. Les quatre cent mille francs restants nous suffiront. Ah ! j'ai besoin de solitude, d'air pur, de montagnes. J'ai horreur des villes... J'ai besoin de

contempler la nature pour oublier les hommes et
il faut que je me rapproche de Dieu, car je sens
que mon cœur s'emplit de fiel !

— Moi aussi, j'ai le cœur plein de fiel, — répondit Dutilloy. — Je l'ai toujours eu comme ça,
c'est son état normal, mais les montagnes n'y
peuvent rien. Pense que toute ta vie, tu regrette-
rais ta décision... Et dire que c'est moi qui t'ai
mis cette stupide idée en tête.

Et le brave Dutilloy se frappait la poitrine à
grands coups de poing.

— Réfléchis — poursuivit-il — pèse ta décision. Regarde ta femme. Tu ne la comptes donc
pas ?

Le colonel, suivant machinalement du regard
la main tendue de Dutilloy, eut un tressaillement.
Sa femme, toujours à genoux, priait et sanglo-
tait. Il alla droit à elle et, la soulevant avec dou-
ceur, comme il eût fait d'un enfant, il la tint
serrée contre lui, ses lèvres au front de la pauvre
mère.

— Oh ! si ! — dit-il s'adressant à Dutilloy —
oh ! si... et j'en veux surtout à ce misérable,
parce qu'il fait couler des larmes dans les yeux
de ma bonne Pauline, parce qu'il a mis la douleur et l'angoisse à ce front vénéré et troublé la
sérénité de nos vieilles amours.

— Alors, tu ne me refuses pas, — dit vivement madame Donval, dont un éclair d'espérance égaya le regard.

Le colonel eut quelques secondes d'hésitation, mais son œil reprit son inflexible dureté.

— Non ! je n'aurai pas de faiblesse. Je ne pourrais plus vivre avec ma fille déshonorée sous mes yeux — et sa voix se fit plus sombre. — Je haïrais le bâtard. Ma décision est irrévocable. Elle se mariera ; le mariage sera son expiation. Nous, nous partirons là-bas où j'ai dit... seuls.

— Comment, seuls ? — s'écria Dutilloy, — eh bien, et moi ?

— Toi ?

— Je vais avec vous.

— Avec nous ?

— Certainement.

— Je comprends, — dit le colonel, souriant malgré la situation, — mais je ne peux accepter ce sacrifice... je ne le veux pas.

— Un sacrifice ?... tu me fais rire !... ce n'est pas par amitié que je te fais la proposition d'aller avec vous, c'est par égoïsme. Si tu n'es plus là, avec qui ferai-je ma partie de jaquet tous les soirs ? Tu me manquerais. Si tu te figures que c'est par grandeur d'âme que je te suis ?... que c'est mon cœur qui parle ?... le cœur ?... il y a belle lurette que j'ai supprimé cet organe de luxe qui ne vous conseille que des bêtises.

D'ailleurs, moi aussi, j'ai besoin d'air pur, de montagnes... ce n'est pas pour mon fiel... je serais désolé de m'en débarrasser, mais j'ai envie de voyager...

Un coup de sonnette interrompit la tirade du misanthrope, et, presque aussitôt, Rose entra au salon.

— Une dame demande à parler à monsieur le colonel Donval.

— Une dame ?

— Une dame pas jeune, laide et fagotée comme un singe, — ajouta Rose, qui avait son libre parler chez ses maîtres et en usait largement.

— Une vieille?... un singe?... — interrogea Dutilloy.

— Elle dit comme ça que monsieur l'attend.

— Moi? — fit le colonel étonné.

— Ah ! mon Dieu !... — gémit Dutilloy.

— Qu'as-tu ?

Dutilloy s'approcha vivement du colonel et, tout bas, lui dit :

— Emmène ta femme.

— Pourquoi ?

— Cette personne qui vient et qui se dit attendue, ce doit être...

— Qui ?

— L'agent matrimonial.

— Ah!...

— Oui, mais heureusement, il est temps encore et je vais la renvoyer, lui dire que nous
avons changé d'avis, que nous...

Le colonel saisit le bras de Dutilloy.

— Reste.

Madame Donval avait levé la tête aux chu-
chotements des deux hommes. Elle crut que
Dutilloy plaidait encore la cause de Marcelle et
vint, suppliante, versant toujours des larmes
silencieuses, appuyer son front à l'épaule de son
mari.

— Retire-toi dans ta chambre, mon amie... —
lui le colonel en l'entraînant doucement vers le
fond, — j'ai quelqu'un à recevoir... une affaire
sérieuse... je te rejoindrai tout à l'heure...

Mais, au même instant, la porte qui donnait
sur l'antichambre s'ouvrit. Une tête de femme
s'avança par l'entrebâillement.

Rose s'élança pour repousser l'indiscrète visiteuse, mais, celle-ci, la prévenant, se glissa tout
entière dans le salon, et d'une voix quasi mascu-
line, que l'accent faubourien rendait plus horrible encore, elle s'écria :

— Mais, ma biche, puisque je vous dis qu'on
m'attend.

Et, s'inclinant dans un salut qui avait la prétention d'être distingué, elle ajouta :

— Messieurs... madame... j'ai bien l'honneur de vous présenter mes aimables civilités.

La nouvelle arrivée pouvait avoir cinquante ans ; elle offrait le type vulgaire de la cocotte vieillie.

Grosse, outrageusement fardée et poudrederizée, les sourcils et les cils, tranchant, noirs, sur sa face de vieux Pierrot que coupaient sous un nez droit et d'un dessin assez pur, des lèvres minces, couleur de vermillon, elle exhalait autour d'elle des odeurs multiples, opoponax et moisissure combinés, qui dénonçaient la prêtresse de Vénus en rupture d'autels et mise à la retraite.

Un énorme chignon jaune dont l'abondance jurait un peu avec la pauvreté des mèches naturelles restées aux tempes, complétait la gamme multicolore des tons prodigués sur la tête et le visage.

A ses doigts, gros et courts, s'étageaient des bagues ornées de diamants, de perles et de saphirs qu'elle s'empressa de livrer à l'admiration générale en se dégantant aussitôt entrée.

A chacun de ses poignets, un gros bracelet en or mat et un porte-bonheur s'enroulaient ; ses oreilles portaient deux superbes solitaires et une triple chaîne d'or courait de son cou à sa ceinture, soutenant une montre au couvercle richement émaillé et qu'elle consultait à tous moments.

Elle portait un chapeau ridiculement jeune, garni de fleurs et de cerises artificielles, et une robe de laine beige qui rappelait l'élégance d'autrefois mais ne parvenait pas à dissimuler les ravages du temps ni l'embonpoint canaille.

Un petit sac en cuir rouge était passé à son bras gauche ; elle en tirait fréquemment une tabatière en argent de Toula où elle puisait à pleins doigts.

Les Donval regardaient avec curiosité cette femme qui leur souriait comme à de vieilles connaissances.

Dutilloy, lui, ne savait quelle contenance garder. Il se mouchait pour avoir un prétexte à cacher son visage et semblait avoir une peur terrible de s'entendre adresser la parole par le vieux débris odorant qui venait d'entrer.

— Vous ne me connaissez pas ? — reprit la visiteuse après s'être assise sur la chaise que le colonel lui avait désignée de la main, — mais nous ferons vite connaissance. D'abord, moi, je suis à la bonne franquette. On me plaît ou on ne me plaît pas... tout de suite. Je sens que nous nous entendrons. Et puis, je suis ronde en affaires... C'est ça ?... c'est ça... Je n'y vais pas par quatre chemins. Vous verrez !... J'y mettrais plutôt du mien que de mécontenter la pratique.

— Retire-toi, — dit le colonel à madame Donval qui était devenue toute pâle ; elle avait peur de deviner ce que cette femme venait offrir ici.

Mais celle-ci continuait après avoir pris une prise et fait le geste machinal d'en offrir à ses voisins.

— Que je suis bête !... je bavarde, je bavarde, et j'oublie la présentation.

Elle réédita le salut d'entrée et, d'une voix qu'elle s'efforça de rendre onctueuse :

— Madame de Saint-Mandé, agent matrimonial de première classe; exerce depuis dix ans, et... tiens !... mais madame se trouve mal !

Madame Donval, appuyée contre le fauteuil de son mari, chancelait plus pâle encore.

Le colonel se précipita vers elle et, moitié de force, l'entraîna dans une autre chambre.

— Ce n'est rien, — dit celle que nous savons maintenant être madame de Saint-Mandé, agent matrimonial de première classe, — c'est des vapeurs... question d'âge... un peu d'eau de mélisse et ça se passe.

Soudain, dévisageant Dutilloy, elle accentua sa grimace souriante :

— Mais, au fait !... c'est vous?... Je me disais aussi : Où est donc le monsieur qui est venu, qui a une si bonne figure. Ce doit être un entrepreneur... ou un banquier... ou un ancien préfet... En usez-vous?

— Merci, — dit brusquement Dutilloy, en repoussant du geste la tabatière offerte.

— Vous avez tort... ça dégage le cerveau... Ainsi, moi, tenez... si j'oublie une heure seulement...

— Madame, — interrompit brusquement Dutilloy — il faut vous en aller.

— M'en aller?

— Oui.., tout de suite.

— M'en aller d'ici?

— Oui... il le faut. L'affaire dont je vous parlais n'a rien d'urgent et nous avons décidé de n'avoir recours à vos services que plus tard.

— Pas possible?

— Si.

— Ce n'était pas la peine de me déranger, alors.

— Je vous indemniserai... venez!

Il poussait madame de Saint-Mandé vers la porte.

Le colonel rentra et d'un coup d'œil comprit ce qui se passait.

— Restez! — commanda-t-il à la vieille garde interloquée.

— Allez-vous en !.., Restez !..: Je ne sais plus lequel écouter. Faudrait s'entendre, pourtant.

— Asseyez-vous !

Madame de Saint-Mandé obéit et s'offrit deux prises successives pour éclairer son cerveau un peu bouleversé par cette réception à double face.

— Mon ami, — poursuivit le colonel en désignant Dutilloy, — mon ami, sur ma prière, a été vous trouver et vous a mise au courant de... la situation pénible où nous nous trouvons.

— Oui, monsieur, et je lui ai même répondu...

Le colonel l'arrêta du geste.

— Vous me promettez le plus grand secret ?

— Muette comme la tombe !... Mais, monsieur, sans la discrétion nous ne ferions pas un sou d'affaires.

— Bien.

— Mon ami... il est temps encore... — supplia Dutilloy.

— Dutilloy, — répondit le colonel d'une voix sombre, — j'ai pensé toute la nuit. Quelque honteuse que soit la combinaison à laquelle nous nous sommes arrêtés hier, aussi problématique que puisse être le choix fait par madame, j'accepte tout plutôt que de laisser soupçonner au monde que le colonel Donval a dans sa famille un être auquel nul ne peut donner un nom. Aide-moi, conseille-moi, mais, je t'en supplie,

ne cherche pas à me détourner du chemin où je
me suis engagé ; j'irai jusqu'au bout. Toute ten-
tative pour m'en faire dévier serait inutile, je te
le jure !

Dutilloy étouffa un gémissement et murmura :

— Au fait !... qu'est-ce que ça peut me faire ?...
ça ne me regarde en aucune façon, cette
chose-là !... et, au fond, ça m'est très indifférent... comme le reste...

— Donc, — poursuivit le colonel en s'adressant à madame de Saint-Mandé, — je vous ai
chargée, par l'intermédiaire de mon ami, de
trouver un homme dont le nom soit honorable
et qui consente, moyennant la dot promise, à
épouser celle dont la faute cause aujourd'hui
mon désespoir.

La Saint-Mandé esquissa un sourire et, aspi-
rant lentement une prise, pour mieux préparer
son effet, elle répondit en se rengorgeant d'un
air fat :

— C'est tout trouvé.

— Ah ! — firent les deux hommes.

— Un homme superbe... trente ans à peu
près... l'air distingué... fier comme un paon par
exemple, et poli... tout juste... Avec moi, s'entend, car avec les autres, on voit que c'est un
monsieur bien éduqué, — s'empressa d'ajouter

la vieille, qui crut avoir commis une maladresse
en dépréciant la marchandise.

— Qui est-il?...

— Vous savez, — reprit-elle, évitant de répondre à la dernière interrogation, — ce n'est
pas si facile qu'on pense de tomber comme ça
tout de suite sur un bon numéro quand il s'agit
de tirer du mauvais pas une jeune fille qui a eu
un accident...

— Taisez-vous ! — interrompit violemment
Donval.

— Me taire ?.., et parler en même temps ?... ça
dépasse mes capacités. Faut pas vous fâcher...
tout le monde sait que rien n'est fragile comme
une jeunesse... J'y ai passé aussi, moi, par les
tentations. J'ai été jeune... et jolie...

Ici, elle s'arrêta pour attendre le compliment
banal de circonstance.

Tout se borna à un ronchonnement de Dutilloy, qui se dit, en regardant la vieille au chignon jaune :

— Sapristi !... elle n'a pas appris l'art d'accom-
moder les restes !...

— Vous dites ?... — interrogea la marchande
d'épouseurs qui s'était méprise sur le sens des
murmures de Dutilloy.

— Rien... Continuez.

— Voilà... Heu...

— Comment se nomme-t-il ?

— Pardon... procédons par ordre... Moi, je suis pour l'ordre, parce que les bons comptes font les bons amis. Faut d'abord me signer ce petit papier. Vous comprenez, la prudence est la mère de la sûreté, comme dit cet autre... et moi, j'ajoute même que c'est la mère des petits bénéfices. Une fois mariés, les clients sont oublieux ou distraits par la lune de miel. Il faut les attaquer devant les tribunaux et la justice est si mal faite au jour d'aujourd'hui ! Si nous n'avons pas pris nos précautions, va-t'en voir s'ils viennent ! on nous déboute et nous en sommes pour nos peines et nos frais. C'est pourquoi, moi, je prends mes précautions avec les parents de la demoiselle.

Et, tout en parlant, elle sortait de son sac de cuir un papier plié en quatre qu'elle relisait pour s'assurer qu'aucune omission n'avait été faite dans la rédaction du contrat.

— Donnez ! — dit le colonel en tendant la main.

— Voilà... vous voyez, c'est simple : « Je sousigné... »

La Saint-Mandé fut interrompue par Rose qui venait prier le colonel de passer dans le cabinet où son notaire l'attendait.

— Le notaire ? c'est juste... je l'ai prié de venir.

Et il ajouta, bas à Dutilloy :

— C'est pour la réalisation de nos biens.

— Vas-y, — s'empressa de répondre son ami, — laisse-moi avec cette femme. Ces détails sont, d'ailleurs, répugnants pour toi. Je te rappellerai quand il sera temps... ou plutôt j'irai te retrouver lorsque ton notaire sera sorti, et nous aviserons alors sur la réponse à donner à l'homme qui se présentera.

Lè colonel sortit.

III

L'AGENT MATRIMONIAL

— Eh bien !... il s'en va?... — dit madame de
Saint-Mandé en suivant d'un regard étonné le
colonel Donval qui franchissait la porte de
sortie.

— Il va revenir, — répondit Dutilloy, — mais
peu importe, c'est moi qui suis chargé de traiter
cette... chose avec vous.

— Ah ! tant mieux ! Je préfère ça. Vous avez
une tête qui me revient, vous. Moi, je suis physionomiste. D'un coup d'œil, je juge un homme
à sa valeur. Je ne me trompe pas souvent. En
usez-vous?

— Merci, — fit Dutilloy, en repoussant le bras

de son interlocutrice qui lui refourrait sous le nez sa sempiternelle tabatière.

— Alors... où en étions nous ?... Ah ! oui !... Il faudrait me signer ce petit papier... Tiens ! où est-il ?

— Le voici, — répondit Dutilloy, qui l'avait repris des mains du colonel.

— Bon.

— D'abord, comment se nomme-t-il, ce monsieur ?

— Pardon... mais le papier n'est pas signé, et...

— Allez au diable, alors ! — s'écria Dutilloy ; — croyez-vous qu'on va s'engager envers vous sans avoir au moins quelques renseignements sur l'individu que vous voulez présenter ?

— Ne vous emportez pas, mon Dieu ! Ce que j'en dis, c'est parce que c'est l'habitude. Faut pas vous fâcher pour ça... le commerce, c'est le commerce... Voyons ! qu'est-ce que vous voulez savoir ?

— Comment se nomme-t-il ?

— Comment...

Madame de Saint-Mandé eut un mouvement d'hésitation.

— Oui, son nom, quoi !

— Ah ! voilà le chiendent. Depuis dix ans que je pratique, à la satisfaction d'un chacun, on peut

le dire, c'est la première fois que je rencontre
un type de cette espèce.

— Pourquoi?

— Figurez-vous que cet original — qui a l'air
tout ce qu'il y a de plus distingué, pourtant —
n'a pas voulu me dire son nom ni sa position.

— Ah! bah!

— Il veut d'abord causer au papa de la fille.

— Au père...

— Oui, monsieur, et, même, sans la petite
prime, je l'aurais envoyé promener, vu son
manque de confiance avec moi. J'ai eu beau lui
dire que ça ne se faisait pas, qu'un agent matrimonial c'est comme un confesseur, on peut tout
lui dire, il n'a pas voulu en démordre, cet entêté-
là. Puis, il m'en a imposé avec son grand air de
prince... et comme l'intérêt de mes clients passe
avant mon amour-propre, j'ai consenti à ce qu'il
voulait.

— Et il va venir?

— Tout à l'heure, quand le papa m'aura signé
le papier, car enfin chacun ses petites précautions, comme je vous le disais.

— Il ne veut pas se nommer? pourquoi?...
quel motif le fait agir ainsi?... Il est bien, de sa
personne?

— Vous le verrez! Ce n'est pas un homme de
carton, allez! C'est taillé en pleine chair. D'ail-

leurs, moi, j'aime les hommes qui vous en impo-
sent. Un homme, faut que ça soit un homme.
Comme disait ma pauvre mère : du côté de la
barbe est la force et la salubrité du ménage.

— Et la naïveté aussi — marmotta Dutilloy.

— Imaginez-vous qu'il parle comme s'il avait
des millions en poche. Et fier ! il n'a pas voulu
monter dans la voiture avec moi. Et, ce n'est pas
pour dire, mais j'en ai eu d'autres aussi beaux
que lui dans ma voiture... car j'ai eu une voiture
monsieur, dans le temps.

— Ce devait être un carrosse — dit le peu ga-
lant Dutilloy.

— Non — répliqua naïvement madame de
Saint-Mandé — c'était un coupé.

— Poursuivez.

— Voilà... heu... un poseur, quoi ! mais, c'est
ce qu'il vous faut, j'en mettrais ma main au feu.

— Et vos conditions ? — demanda Dutilloy qui
n'avait pas lu encore le papier et qui l'ouvrit,
pendant qu'elle expliquait :

— C'est dix mille francs ! Oh ! je ne suis pas
chère, moi ! Dix mille francs qui me seront
versés par le père avant de remettre la dot à son
gendre.

— Cette confiance honore vos clients.

— Dame ! on oublie si vite les services rendus
au jour d'aujourd'hui ! Oh ! les hommes sont bien

changés! — ajouta, avec un gros soupir madame
de Saint-Mandé qui ne s'avouait pas volontiers
avoir subi elle-même quelques changements
importants depuis le jour où elle avait abdiqué
ses dernières prétentions à la conquête des collé-
giens et substitué le nom de Saint-Mandé à celui
d'Elodie Fumeron qu'elle tenait de ses père et
mère, braves matelassiers qui avaient chargé le
hasard de son éducation, étant trop occupés à
battre leur laine toute la journée pour battre
encore leur fille autant qu'elle le méritait.

Rose venait de rentrer dans le salon et furetait
dans un tiroir de table à jouer sans avoir le
moindre besoin d'y trouver quelque chose, mais
pour écouter ce que pouvaient se dire Dutilloy et
celle qu'elle avait annoncée comme une espèce
de vieux singe.

Elle savait par madame Donval de quel genre
était l'affaire qui se traitait en ce moment, et le
dévouement aveugle qu'elle avait pour sa jeune
maîtresse lui dictait un espionnage incessant afin
de trouver le moyen de sortir de cette terrible
situation.

— Ainsi — disait Dutilloy avec un ricanement
moqueur — vous trouvez à volonté des hommes
qui, pour une somme d'argent, épousent les yeux
fermés. Quand il s'agit de jeunes filles séduites,
passe encore, l'amitié, sinon l'amour, peut naître

dans ces unions bizares; mais vous devez aussi accoupler des monstres, et c'est grâce à votre intermédiaire sans doute qu'on rencontre parfois ces ménages hideux, composés d'un éphèbe et d'une vieille drôlesse...

Il faillit ajouter : comme vous... mais il se retint à temps et poursuivit d'un ton convaincu :

— Vous devez bien mépriser l'humanité, vous aussi ?

Madame de Saint-Mandé ouvrit la bouche en forme d'interrogation, et son doigt qui faisait en ce moment le voyage de la tabatière au nez, s'arrêta en route, immobilisé par l'étonnement.

— Moi ?... pourquoi ?... — demanda-t-elle après un silence.

— Mais parce que vous avez journellement sous les yeux le spectacle des turpitudes humaines! Parce que, devant vous, doivent défiler des gens sans aveu, des bohèmes sans feu ni lieu, prêts à toutes les besognes malpropres pour acquérir l'or nécessaire à leurs dépravations, et qu'il n'est pas possible, toute cuirassée que vous puissiez être, de ne pas ressentir un profond dégoût pour la plupart de ceux que vous appelez vos clients!

— Certainement... je méprise ceux qui ne me paient pas... une fois la chose conclue... mais à part ça, c'est leur affaire, à ces gens. Je ne m'occupe pas de savoir d'où ils viennent ni où ils pourront aller, mais seulement de ce qu'ils sont à l'heure où ils arrivent me trouver pour faire leur bonheur.

— Un joli métier que vous faites là !

Cette exclamation lancée par Rose fit se retourner madame de Saint-Mandé.

— Tiens !... il y avait quelqu'un là ?... Je ne vous avais pas aperçue.

Rose était venue se camper devant l'agent matrimonial, et, les deux poings sur les hanches, la regardait en retroussant sa lèvre supérieure, d'un air de profond mépris.

— Et vous mariez les gens... par force ?... comme ça ?...

— Par force ?... je n'en ai pas le droit ; je prépare les entrevues entre les parties, voilà tout. Un joli métier, dites-vous ? Mais certainement... et utile entre tous. Je peux vous citer vingt de mes clients qui sont comme des coqs en pâte dans leur ménage, et qui me bénissent tous les jours. A votre service, ma biche.

— Voilà une occasion de te marier, Rose — dit Dutilloy moqueur.

— Merci ! Je n'ai pas besoin de commissionnaires pour ça — répondit Rose, vexée. — C'est pas les amoureux qui m'ont manqué. Si j'avais voulu, allez ! je n'avais pas besoin d'aller trouver une marchande d'épouseux.

— Faut pas faire la dédaigneuse, ma belle, il y en a de plus huppées que vous qui viennent trouver madame de Saint-Mandé. Et vous aussi monsieur — ajouta-t-elle en s'adressant à Dutilloy — si le cœur vous en dit, nous avons un choix considérable à vous offrir en ce moment.

— A moi?...

— A vous, il faut une jeunesse... comme à mademoiselle un homme mûr... parce que dans un ménage bien assorti, les extrêmes... c'est connu... c'est ce qui va le mieux ensemble.

— Les extrêmes... qui conduisent aux extrémités de part et d'autre?

— Ça, ce n'est pas garanti. Les compagnies d'assurances se ruineraient. Ce sont les petits inconvénients du métier. On s'y habitue; faut de la philosophie en ménage. Tenez! j'ai un lot superbe de veuves en ce moment. C'est étonnant comme ça donne, les veuves!

— Elles demandent une seconde épreuve, — ricana Dutilloy, — elles espèrent y trouver moins à corriger qu'à la première.

— Monsieur a le mot pour rire.

— Faut être enragé tout de même, — dit Rose en hochant la tête, — pour se mettre une deuxième fois la corde au cou quand on a eu le bonheur d'en être débarrassée !

— Bravo, Rose ! — conclut Dutilloy, et,

s'adressant de nouveau à la Saint-Mandé qui commençait à l'intéresser :

— Et ça marche, les affaires ?

— Heu... couci, couça. Ça va comme les épidémies... tout ou rien. Le matrimonial, c'est un peu comme les pompes funèbres.

— Vous pourriez fusionner, dit gravement Dutilloy.

— Il y a de la morte-saison... et de la concurrence.

— Ça prouve que le métier est bon, — fit observer judicieusement Rose.

— Bon ?... bon ?... quand on sait s'y prendre, je ne dis pas. D'abord, il faut avoir du choix et inspirer confiance. Ce n'est pas pour dire, mais chez moi, on peut fermer les yeux. Quand je dis : Prenez ! — vous pouvez prendre : c'est garanti.

— Garanti ?... Combien de temps ?

— Garanti... s. g. d. g. naturellement. Les hommes sont si canailles...

— Oh ! oui !... — s'écria Rose.

— Et les femmes si girouettes !

— On voit que vous les connaissez, — dit Dutilloy.

— Seulement, — s'empressa d'ajouter madame de Saint-Mandé, — ce n'est jamais mon client qui demande le divorce le premier.

Un bruit de porte qui s'ouvrait retentit à côté.

Rose se précipita hors du salon et revint un moment après.

— Monsieur Donval est seul; le notaire est parti.

— Bon, j'y vais.

Et le bonhomme, après avoir jeté un sec « Attendez une minute » à l'entremetteuse patentée, sortit en murmurant : Encore une variété de la vilénie humaine que je ne connaissais pas !

Rose, restée seule avec la vieille, se rapprocha d'elle et, malgré la bonne envie qu'elle eut de l'étrangler, elle se fit suppliante :

— Si vous aviez du cœur, madame, vous vous en iriez. Ma pauvre demoiselle est si malheureuse, elle en mourra, bien sûr... c'est son père qui veut la marier comme ça.

— Dame ! pourquoi a-t-elle commis une faute ?

— Elle a écouté son cœur, voilà son tort.

— On n'écoute pas ce conseiller-là, il ne vous fait faire que des bêtises. Mais, ma belle, si ce n'est pas moi, ce sera un confrère qui fera l'affaire, vous serez bien avancée.

— C'est juste, — répondit Rose en poussant un soupir de découragement. — Le colonel ne veut rien entendre.

— Vous voyez bien. Aidez-moi plutôt. On sera reconnaissante quand vous vous marierez.

— Moi ?

— Les bonnes ? Mais c'est un article très demandé par les vieux célibataires... à cause des soins intelligents.

Et madame de Saint-Mandé cligna de l'œil malicieusement.

— Merci, ça ne me tente pas, le mariage.

La vieille baissa la voix et continua, insinuante :

— Hé !... hé !... si ce sont les formalités qui qui vous gênent, on peut s'en passer. Vous savez, il est avec le ciel des accommodements. Et j'ai justement un client, un homme bien conservé, riche à millions, qui...

Le colonel et Dutilloy, qui rentraient dans le salon, coupèrent la parole au hideux courtier d'amour, vers qui s'avança Dutilloy.

— Je passerai chez vous aujourd'hui et vous remettrai le papier s'il y a lieu. Nous voulons d'abord voir ce monsieur.

— Permettez, mais...

— C'est à prendre ou à laisser ! — interrompit le colonel avec violence.

— Bien !... bien... ne vous fâchez pas !... j'ai confiance. D'ailleurs, j'ai le secret de monsieur et monsieur ne pourrait pas m'oublier.

Le colonel crispait les poings et rongeait des dents sa grosse moustache.

— Filez ! — dit à mi-voix Dutilloy à la Saint-

Mandé qui se glissa vers la porte en se confondant en salutations.

— Au revoir, messieurs, vous serez contents de moi... Vous savez ma devise : Choix, célérité et discrétion.

— Au revoir, ma belle, — ajouta-t-elle à Rose qui lui ouvrait la porte d'entrée, — n'oubliez pas ce que...

Rose lui ferma la porte au nez.

Le colonel s'était laissé tomber dans un fauteuil.

— Il faut avoir affaire à de pareilles gens !

— Qui t'y oblige ?... Non... ne t'emporte pas... c'est entendu...

— Qui peut être cet homme ? et pourquoi cache-t-il son nom ?

— Il cache son nom à cette femme, mais il va le dire à nous.

— Quelque chevalier d'industrie !

— Naturellement, — fit Dutilloy. — Il ne faut pas s'attendre à trouver le dessus du panier social avec ce moyen de procéder. Tu penses bien qu'un honnête homme n'épouse pas dans ces conditions-là. Et, — mets-toi en colère si tu veux, — je te répète que tu as tort de t'obstiner dans cette idée absurde.

— Non ! Je le veux !

Et le colonel, détournant la tête, s'enfonça dans

une sombre méditation d'où ne chercha plus à
le tirer Dutilloy que parut absorber la lecture
d'un journal financier, trouvé sur un meuble, à
sa portée.

. . . .

Dans une chambre voisine, Marcelle était
assise sur les genoux de sa mère qui l'envelop-
pait de ses bras, la cajolant, la câlinant comme
lorsqu'elle était fillette.

Et la pauvre madame Donval pleurait! et Rose,
debout devant elle, pleurait! et la bise d'automne
battant les toits, s'engouffrant dans les cheminées,
mêlant sa voix sifflante aux sanglots des deux
femmes, semblait faire sa partie dans le douloureux concert.

Pauvre Marcelle! qu'elle était changée depuis trois jours!

Ses belles couleurs rosées, resplendissement
de sa saine jeunesse, de ses dix-huit printemps
vermeils, avaient fait place à une pâleur de
marbre. Les beaux yeux, naguère si doux, si
joyeux de voir, si pleins d'innocente malice,
s'étaient renfoncés, mornes, sans regard, dans
les cavités creusées par les larmes.

Fleur hier vivace et robuste, elle s'était courbée au premier souffle du désenchantement, sans
force, sans révolte, ne comprenant l'étendue de
son malheur qu'à la désolation des siens.

Elle s'était donnée tout entière, sans penser qu'on pouvait refuser son corps quand on avait donné son âme.

Ignorant le mensonge, elle avait cru au serment, elle y croyait toujours.

Quand sa mère lui avait annoncé que le colonel voulait la marier à un autre homme, inconnu encore, qui donnerait son nom à l'innocent dont son être vibrait déjà, elle n'avait rien répondu, ne comprenant pas.

Un autre homme? Un autre époux? Pourquoi? C'était Paul son époux, puisqu'elle s'était donnée à lui. On ne peut pas se donner deux fois.

Pourtant, il avait bien fallu comprendre, à la fin, ce que lui répétaient avec une si douloureuse insistance madame Donval et Rose, vaincues par l'inflexible volonté du colonel ; et la veille de ce jour, elle s'était traînée aux pieds de son père, éperdue, folle de terreur, le suppliant de la tuer plutôt que de la livrer à cet inconnu dont on la menaçait,

Le colonel était resté sourd à ses supplications.

Son enfant, hier adorée, il l'avait repoussée du pied, sans pitié, l'œil cruel, et il avait dit :

— Épargnez-moi la présence de cette fille!

Sa mère et Rose l'avaient transportée évanouie dans la petite chambre, où, jadis, le père attendri venait contempler l'enfant sommeillant. Elles ne l'avaient pas quittée de la nuit, craignant que dans son délire, elle n'attentât à ses jours, et cherchant à la calmer par des caresses et des baisers.

Le matin, une prostration complète avait succédé à la fièvre.

Marcelle ne souffrait plus, ayant épuisé la somme de souffrance possible.

Parfois elle secouait la tête comme pour se délivrer d'un rêve pénible. Sa mère et Rose — qui la gardaient à tour de rôle — épiaient ses moindres mouvements, l'exhortant, l'embrassant, lui prodiguant tous les trésors de la tendresse maternelle.

Elle les regardait pleurer, étonnée.

A cette heure, elle avait les yeux secs, indifférents ; comme si tout son cœur avait fui par là.

Parfois, ses lèvres décolorées laissaient passer un balbutiement, presque inintelligible, où revenaient toujours les mêmes bribes de phrases : « Paul.... là... toujours... bientôt... petit mari... »

Enfin, ses yeux se fermèrent, et elle s'endormit souriant à un invisible consolateur.

C'était à ce même moment où, dans le salon, madame de Saint-Mandé développait ses théories exemptes de fard devant Dutilloy.

IV

ROBERT DANIEL

Deux heures après la scène que nous venons de raconter, on sonnait à la porte des Donval, et Rose, allant ouvrir, se trouvait en présence d'un inconnu.

— Monsieur le colonel Donval, s'il vous plaît?

— C'est ici, monsieur.

— Est-il visible ?

— Je ne sais pas. Si monsieur veut donner son nom ?

— C'est inutile. Dites à monsieur Donval que je suis... celui dont la venue lui a été annoncée aujourd'hui.

— Ah ! c'est vous qui...

Et Rose se mit à trembler, oubliant dans son-

trouble de faire entrer l'inconnu, toujours sur le palier et qui paraissait, lui aussi, en proie à une grande agitation.

— Eh bien !... j'attends — dit celui-ci après un moment de silence, et, d'une voix raffermie, comme s'il venait de vaincre une dernière hésitation : — Je vous répète que je suis attendu par votre maître.

Rose était partagée entre deux idées : la première, de mentir effrontément en disant que le colonel avait changé d'avis ; la seconde, de se jeter aux pieds du nouveau venu, de le supplier de s'en retourner, de ne pas causer le malheur, peut-être la mort de sa jeune maîtresse ; mais le visiteur impatienté l'écarta de la main et pénétra dans l'antichambre avant que la fidèle servante pût donner suite à ses projets d'expédients.

Elle dut se résoudre à annoncer la visite.

Deux minutes après, elle revenait.

— Entrez, monsieur.

L'inconnu pénétra dans le salon où Dutilloy et le colonel se tenaient debout.

Ce dernier lui indiqua de la main une chaise ; l'inconnu s'inclina et s'assit.

C'était un homme paraissant trente ans environ, de taille un peu au-dessus de la moyenne, d'une beauté douce et fière tout à la fois. Un large front fortement renflé aux tempes et que soulignaient deux grands yeux bruns, profonds, dénotait une intelligence supérieure; un nez droit aux narines fines et mouvantes, une bouche un peu grande que cachait en partie l'épaisse moustache brune, un menton large et carré à la base comme en ont ceux qui veulent bien ce qu'ils veulent, complétaient ce visage sympathique à première vue.

Il était de ces gens sur lesquels — quand ils passent à côté de vous dans la rue — on se retourne sans savoir pourquoi, tout bonnement parce qu'ils ont l'air d'être *quelqu'un.*

Aussi Dutilloy, qui avait déjà armé sa bouche d'un sourire méprisant, quand Rose avait annoncé l'inconnu, Dutilloy, désarmé par une impression rapide et irraisonnée, ne put s'empêcher de murmurer :

— Il n'est pas mal... pour un gredin.

Le colonel, quoique moins physionomiste que son ami, était pourtant frappé, lui aussi, de la figure loyale de cet homme qu'il s'était apprêté à recevoir durement, avec tout le mépris dont son cœur de soldat était plein pour le trafiquant d'honneur qu'il croyait avoir devant lui.

Un silence se fit qui dura trente longues secondes ; les deux vieux amis interrogeant du regard le visiteur qui semblait attendre qu'on lui posât quelque question.

4

Enfin, le colonel rompit ce silence pénible.

— Vous désiriez me parler, monsieur ?

— A monsieur le colonel Donval, oui, — répondit l'inconnu.

— C'est moi.

— Mais, à monsieur le colonel Donval, seul.

— Monsieur Dutilloy est mon meilleur ami. Je n'ai pas de secret pour lui.

L'inconnu s'inclina, comme acquiesçant à la présence de ce témoin.

— A qui ai-je l'honneur de parler ? — ajouta le colonel.

La façon dont il prononça le mot: honneur avait une telle ironie que l'inconnu tressaillit et devint pâle.

— Mon nom ?... Je désire ne pas vous le dire encore.

— Alors, c'est inutile d'aller plus loin.

Et le colonel, se levant, fit un petit salut de la tête comme pour donner congé.

— Mais il me semble, monsieur, — s'exclama Dutilloy — que la première des convenances vous oblige à dire votre nom.

— Vous le saurez — répondit l'inconnu d'une voix grave et sans paraître faire attention à la mimique significative du colonel — vous le saurez bientôt, mais je vous demande, messieurs votre parole d'honneur de ne le révéler à per, sonne et de taire ma visite si le... l'affaire (et il sourit tristement) que je viens traiter avec vous n'aboutit pas à une entente.

— Et pourquoi ce nom a-t-il si grand peur de se faire connaître ? — dit le colonel, dédaigneux.

— Ce nom est aussi honorable que celui du colonel Donval.

— Monsieur !

— Et si je le tais en ce moment — interrompit le visiteur d'une voix qui se fit plus grave — c'est que les conditions que je dois poser peuvent ne pas vous convenir et dans ce cas, il est inutile que vous me connaissiez tout entier.

— Des conditions ?... à moi ?...

— Oui.

Dutilloy se disait à part lui :

— La trafiquante en conjungo avait raison : il vous en impose, ce gaillard-là.

— Des conditions ! — répétait le colonel qui s'était levé à ce mot — des conditions ! Mais c'est à moi de vous poser les miennes. Je paye quatre cent mille francs pour cela.

— Et, pour ces quatre cent mille francs, moi je vends mon nom et ma vie. J'ai le droit d'y regarder à deux fois.

— Eh ! qui vous y force ?

— Qui m'y force ?...

L'inconnu parut faire un violent effort sur

lui-même pour s'empêcher de répondre à cette question. Il pâlit plus encore et dit d'une voix sourde :

— C'est mon secret.

— C'est un joueur aux abois — pensèrent en même temps le colonel et Dutilloy qui échangèrent un coup d'œil d'intelligence.

— Pardon, monsieur, fit Dutilloy — je désirerais dire un mot en particulier à mon ami. La chose qui nous occupe est assez extraordinaire pour que vous excusiez cette infraction aux usages du monde.

Et Dutilloy, prenant le colonel par le bras, l'entraîna dans un coin du salon.

— Que veux-tu ?

— Écoute Donval... J'en suis sûr, c'est un joueur...

— C'est mon avis aussi...

— Il jouera la dot de Marcelle... n'accepte pas, renvoie-le.

— Qu'importe, s'il a un nom honorable. Il est mieux que je ne m'y attendais, — dit amèrement le colonel.

— Il est même bien... mais il ne faut pas se fier aux apparences. D'ailleurs, pour en arriver là, tu sais, il faut avoir la conscience facile.

— Oui, mais un autre, ce sera la même chose.

— Pardon... si c'est un joueur, il ruinera Marcelle.

— La dot lui appartiendra. Il l'aura payée assez cher.

L'inconnu les suivait de l'œil, anxieux, et se disait :

— Ils se concertent... s'ils allaient refuser... tant mieux!... Non... il me faut cet argent... coûte que coûte...

Les deux amis revinrent prendre leurs places.

— Soit!... — dit le colonel, — vous avez notre parole ; nous tairons votre nom.

— Bien. Je me nomme Robert Daniel. Je suis industriel. Mon père, dont je dirige les ateliers, possède une usine à Mennecy, près de Corbeil. Vous pourrez aller constater l'exactitude de ce que je vous dis, mais il me faut une réponse d'ici à vingt-quatre heures.

— Il vous faut?

Et le colonel, fronçant les sourcils, se leva de nouveau et, presque menaçant, fit un pas vers le visiteur.

Dutilloy s'interposa vivement, et dit à demi-voix à son ami :

— Ne t'emporte pas!... refuse... renvoie-le... mais ne t'emporte pas !

Robert Daniel s'était levé aussi.

— Je vous le répète, monsieur, toute étrange

que puisse vous paraître cette exigence de la part d'un homme qui ne devrait vous parler qu'en solliciteur, il me faut votre réponse dans vingt-quatre heures. Si vous ne pouvez faire cette promesse, il est inutile d'aller plus loin ; je suis prêt à me retirer.

Le colonel s'était remis à marcher de long en large, les bras croisés, en proie à une vive agitation.

Dutilloy le suivait pas à pas, ne cessant de l'exhorter tout bas à revenir sur sa détermination, et à renvoyer le client de madame de Saint-Mandé.

Mais son ami ne l'écoutait pas.

Il revint se placer devant Robert Daniel.

— Vous connaissez... ma fille?

— Non, monsieur.

— Vous savez les raisons qui m'obligent...

— Oui, — interrompit vivement le visiteur, — oui, mais j'ai fait abnégation de mes rêves de jeunesse et de mes projets d'avenir. J'ai fait taire ma conscience dont je n'écoute plus les protestations. Je suis prêt à épouser mademoiselle Donval mais à une autre condition encore... condition *sine qua non.*

— Des conditions encore ! — s'exclama le colonel.

— Laisse parler monsieur d'abord — nous verrons après... — se hâta de dire Dutilloy, qui ajouta *in petto :* il commence à m'intéresser, cet homme-là.

— Parlez monsieur.

— C'est aujourd'hui le 29 janvier. Pour un motif que je ne dirai pas, j'ai besoin d'avoir les quatre cent mille francs formant la dot de votre fille le 31 au matin, c'est-à-dire après-demain.

— J'avais raison, — se dit Dutilloy, — c'est un joueur; il a souscrit des billets et il veut les payer.

— Mais c'est impossible ! — répondit le colonel. En admettant même que les renseignements sur vous soient favorables, que je consente à vous agréer, nous n'aurions pas les délais légaux pour faire le mariage. Deux jours! Vous êtes fou!

— Non. Vous me verserez la somme après-demain et le jour même, nous partirons en Angleterre où le mariage se fera.

— En Angleterre?

— En Angleterre, — répéta Dutilloy, — et pourquoi?

— Pour éviter les formalités françaises, et surtout les parents, les amis, les témoins, tous les importuns dont il faudrait que, vous comme moi, nous subissions les regards moqueurs et les sarcasmes muets.

Le colonel et Dutilloy échangèrent un nouveau regard.

Tous deux comprenaient que l'idée du jeune homme, mise à exécution, aplanirait cette grosse difficulté des publications à faire, lesquelles auraient provoqué les étonnements indiscrets des amis et des proches, à qui il serait fort difficile d'expliquer le mariage précipité de Marcelle avec un homme inconnu de tous la veille encore.

Rapidement, le colonel réfléchit que lui aussi pourrait partir avec madame Donyal, dans deux jours, pour ce coin ignoré des Alpes où ils iraient achever leurs jours attristés ; que pour tout le monde Marcelle ne les aurait pas quittés et qu'alors le douloureux secret ne serait deviné par personne.

— Monsieur a peut-être raison?... fit timidement Dutilloy, interrogeant de l'œil son vieil ami.

— Oui, je le crois... mais qui me garantirait qu'une fois la dot reçue, et dissipée probablement tout aussitôt, monsieur Robert Daniel remplirait ses engagements?

— Ma parole !

L'accent avec lequel le jeune homme pro-

nonça ces deux mots était si plein de fierté et de
noblesse, son regard dégageait une telle loyauté
que les deux amis en même temps, inclinèrent
légèrement la tête pour approuver et marquer que
cette garantie leur semblait suffisante.

La voix du colonel se fit moins rude.

— Soit. Je vous crois honnête homme malgré...

Il n'acheva pas sa pensée de peur de froisser
cet inconnu que vingt minutes auparavant il avait
envie de jeter dehors comme un chevalier d'industrie.

Robert Daniel sourit tristement.

— Malgré le marché honteux auquel je sous-
cris?... dites-le, allez, je le sais.

— Veuillez m'excuser, — répliqua vivement
le colonel, — mais ne dois-je pas m'étonner que
vous taisiez le mobile de votre action? S'il est
honorable, pourquoi ne pas l'avouer? Si c'est
une dette d'honneur que vous voulez acquitter au
prix de votre nom, et je le crois maintenant,
pourquoi nous en faire le mystère?

Le jeune homme hésita un moment.

— Je ne puis vous répondre.

— Mais enfin, ne dois-je pas craindre que ma
fille, toute coupable qu'elle est, ne soit dès le
lendemain de son mariage aux prises avec la mi-

sère si, comme je peux le supposer, sa dot est destinée à satisfaire des créanciers?

— Jamais votre fille ne manquera de rien... je
le jure!

— Ni madame Donval ni moi, ne voulions assister au mariage qui se serait accompli le plus se-
crètement possible en France, mais s'il se fait en
Angleterre, qui sera témoin de l'accomplissement
de l'acte?

— J'irai, moi, — dit vivement Dutilloy.

— Toi?

— Moi.

— Tu me rendras ce service?

— Quel service?... C'est à moi que j'en rends
un. J'ai envie et besoin de voyager. C'est une
occasion pour moi d'aller voir Londres que je ne
connais pas et je te remercie de me la four-
nir.

— Brave ami, va! — dit le colonel en serrant
affectueusement la main du misanthrope.

— Monsieur, — ajouta-t-il en s'adressant à
Robert, — c'est entendu. Je vais de ce pas
prendre mes renseignements sur vous et votre
famille. Veuillez revenir ici demain, à la même
heure, et je vous donnerai ma réponse, et, quelle
qu'elle soit, j'ai votre parole d'honnête homme,
n'est-ce pas, que vous nous garderez le secret?

— Soyez tranquille, monsieur.

Robert Daniel s'inclina et sortit, accompagné par Dutilloy jusqu'à l'escalier.

— Eh bien, — fit le colonel, quand ce dernier revint près de lui, — qu'en dis-tu ?

— Dame ! c'est une exception... mais je jurerais que nous avons à faire à un honnête homme.

V

LE PÈRE DANIEL

La fabrique de wagons de M. Daniel père était située dans la vallée de l'Essonne, un peu au dessus de Mennecy.

M. Daniel, — le père Daniel, comme l'appelaient familièrement ses amis et ses ouvriers qui l'adoraient, — avait commencé quelque trente ans auparavant dans une méchante bicoque bâtie par lui-même au bord de la petite rivière.

Sa femme était morte un an après la venue au monde de Robert et, tout à ses wagons, il n'avait jamais eu le temps de penser à se remarier.

Il avait confié l'éducation de son fils à une sœur cadette jusqu'à l'âge de dix ans, puis après l'avait placé dans un lycée de Paris où l'enfant, intelligent et studieux, avait fait des progrès rapides.

Aussi, ce que son père le gâtait quand venaient les vacances!

Robert était l'adoration perpétuelle du brave homme, son ambition, sa joie, sa raison d'être au monde. Et l'enfant payait cet amour de gentilles caresses, de gros baisers sincères, car il aimait son père par-dessus tout.

Le père Daniel, un moment égaré par le rêve d'avoir un fils dont on parlerait, lui proposa, quand il eut quinze ans, de le faire travailler en vue d'entrer à l'École polytechnique d'où il sortirait pour le moins brillant officier d'artillerie ou du génie; mais Robert refusa. Il fit comprendre à son père que sa place était auprès de lui, à la fabrique dont le développement exigeait une surveillance plus grande, et le père Daniel, ne demandant qu'à être convaincu, se rallia bien vite à cette idée.

Avec Robert, courageux, entreprenant, toujours à l'affût des transformations de l'outillage et du progrès incessant de la fabrication, les affaires avaient pris un développement considérable.

Tous les ans, il fallait ajouter quelque partie aux vieux bâtiments trop étroits pour les tra-

vailleurs ; aussi, le père et le fils, en même com-
munion d'idées, n'avaient-ils qu'un rêve : remplacer toutes ces bâtisses, vieilles, lézardées par
l'âge et la trépidation des machines et toujours
trop exiguës malgré les agrandissements succes-
sifs, par une fabrique nouvelle réunissant tous
les progrès, toutes les perfections du jour.

Et ce rêve s'était réalisé.

Robert, — car le père Daniel, comme il le disait lui-même en riant, n'était plus que le contre-
maître de son fils, — Robert, un an avant les
événements que nous racontons, avait traité avec
des entrepreneurs qui s'engageaient à bâtir la
nouvelle fabrique dans l'espace d'une année. Il
avait fait le même marché avec une maison qui
fournissait les machines à vapeur, l'outillage, et
installait le tout au fur et à mesure de l'achève-
ment des travaux de maçonnerie.

Tout l'argent gagné depuis trente ans y passait, mais c'était l'avenir superbe, florissant ; il
n'y aurait plus qu'à se baisser pour récolter. Et
pas de gêne : les quatre cent mille francs, coût de
la nouvelle installation, étaient prêts, déposés
chez le banquier à Paris et, suivant le contrat
passé avec les entrepreneurs, devaient leur être
versés le jour même de la livraison de la fabrique.

Or, la livraison se faisait le 31 janvier.

La veille de ce jour, c'est-à-dire le 30, vers huit heures du matin, le père Daniel, accoudé à la balustrade d'une fenêtre de la vieille maison, tirait de grosses bouffées de sa pipe d'écume, les yeux pétillants de joie, fixés sur la belle fabrique qu'il avait en face de lui. Il la couvait du regard, la mesurant, la scrutant, améliorant déjà dans son esprit les améliorations du lendemain, tout à cette volupté douce du rêve réalisé.

Mentalement, il revivait ces trente années de labeurs, sans trêves et sans défaillances. Et dans son souvenir, le temps où il gagnait cent sous par jour lui apparaissait aussi joyeux que l'heure présente où, à son tour, il donnait ces cinq francs à chacun des trois cents ouvriers travaillant pour son compte.

Il avait toujours eu la santé, ce bien suprême qui fait les élus de ce monde, et tout lui avait réussi grâce à son courage, à son esprit d'initiative, à sa bonne humeur inaltérable.

Car c'était un gai vivant que le père Daniel, et la chanson avait sans cesse rythmé le travail de ses bras.

Sa culture intellectuelle avait été puisée dans Béranger, toute sa littérature et le compagnon chéri de son coin de feu après la journée si bien remplie. Aussi sa politique était-elle libérale à l'instar de celle de son chansonnier, son patriotisme, chauvin, et sa foi religieuse se contentait fort bien du Dieu des bonnes gens.

Son fils, sa fabrique et Béranger, c'étaient ses trois adorations au sujet desquelles il n'entendait pas raillerie. Quant au reste, peu lui importait ; il était indifférent et sceptique ; sauf cependant pour les infortunes des pauvres diables à qui sa bourse n'avait jamais refusé un secours.

En résumé, un excellent cœur et un honnête homme.

Il était depuis une heure plongé dans la contemplation muette du nouvel édifice, dans la remémoration de son passé, quand le bruit de la porte s'ouvrant le fit se retourner et quitter sa place.

C'était Robert qui entrait, habillé et ganté soigneusement.

Après la franche accolade habituelle, le père Daniel eut un geste de surprise.

— Tu vas à Paris, ce matin ?

— Oui, père.

— Ah ! c'est ton affaire, mon garçon... c'est ton affaire... Mais comme tu es pâle ! serais-tu indisposé ?

— Moi ?... pas du tout.

— C'est que... je te trouve tout drôle depuis quelques jours... tu parais soucieux, distrait, tu me réponds souvent tout de travers. Tu n'es pas malade, mon Robert?

— Je me porte à merveille, ne t'inquiète pas.

— Que je suis bête! — repartit le père Daniel avec un gros sourire, — ce n'est pas difficile à deviner, la cause de tes distractions. A ton âge, la seule chose qui puisse rendre rêveur, parbleu! c'est l'amourette. C'est qu'aussi, on n'a pas idée de ma naïveté! — et son bon rire redoubla. — Je te vois toujours enfant, et tu as beau avoir une barbe de sapeur d'autrefois, ce sont tes bonnes petites joues roses d'il y a vingt ans que j'aperçois en dessous. Pour un peu, je te prendrais encore dans mes bras et te ferais faire dodo en te chantant comme jadis la chanson que tu me redemandais sans cesse, tu sais, la *Bonne vieille* :

> Et, bonne vieille, au coin d'un feu paisible,
> De votre ami répétez les chansons.

— Brave père! — et Robert l'embrassa.

— Figure-toi que j'ai même souvent des remords.

— Toi?... et à cause...

— Je me dis que, sans moi, tu te serais déjà marié. Il n'est pas possible qu'à trente ans, avec une tête comme celle-là, de l'intelligence à en revendre et une position superbe, tu n'aies pas trouvé des beaux partis au tas et que les filles de tous les alentours ne t'aient pas reluqué un brin. Donc, si tu restes garçon, c'est parce que tu as peur de me faire de la peine en introduisant chez moi une belle dame qui, peut-être, trouverait le père Daniel un peu commun, un peu sans-façons.

— Mais tu te trompes... je...

— Suffit ! je me comprends. Eh bien, mon garçon, ça ne peut pas durer comme ça. Tu es d'âge et, ma foi !... je t'avouerai que je ne serais pas fâché de la chose. Si j'y perds un peu de ton affection, — oh ! pas beaucoup, mais enfin, il faut bien que tu en donnes la grosse part à ta femme, — je me dis qu'il y aura des compensations et que mon Robert me mettra sur les genoux des petits Daniel sur lesquels je reporterai la part de caresse qu'il ne pourra plus me donner.

Robert sourit, attendri, et un long soupir, vainement réprimé, s'échappa de sa poitrine.

— Là !... qu'est-ce que je disais ! — s'écria le père Daniel. — Cœur qui soupire n'a pas ce qu'il désire. Tu es amoureux. Ne me réponds pas, ça te regarde seul et quoi que tu fasses, je t'approuve, je te donne mon consentement et, des deux mains, des bénédictions à tire-larigot. Je le savais

bien, moi, qu'il y avait quelque anguille sous
roche !

— Oui, père, — dit lentement Robert avec un
accent si grave, si sombre même, que le bon
vieux en resta bouche bée d'étonnement. — Je
pense comme toi et il se pourrait que bientôt je...

On eût dit que le reste de la phrase lui brûlait
les lèvres.

— Que bientôt tu ?...

— Que bientôt je me marie.

— Ah ! tu vois que j'avais deviné. Voyez-vous
le cachottier ! Mais tu as l'air lugubre en m'apprenant ça.

— Non — et Robert, par un violent effort sur
lui-même, ramena le sourire à son visage, —
non, mais... quelques difficultés... je te conte-
rai cela bientôt.

— Quand tu voudras. Garde ton secret, la surprise n'en sera que plus grande, car je te connais, celle que tu auras choisie ne peut être que
la meilleure et la plus honorable des fillettes.

Robert devint livide.

— Au revoir, père, à tantôt — et il se hâta
d'embrasser le brave homme, qui le reconduisit
jusqu'à l'escalier en répétant, joyeux :

— Vas-y, mon gas ! ça tombera à merveille ;
deux inaugurations à peu près en même temps :
celle de la fabrique et celle de ton ménage.

Et le père Daniel revint prendre sa place à la fenêtre, rebourra une nouvelle pipe et se lança dans des rêves d'avenir, tout peuplés de bambins joufflus qu'il faisait sauter sur ses genoux.

De temps à autre, tout à sa joie, il marchait à grands pas dans la chambre et lançait à pleine volée le refrain de son chansonnier favori, lequel refrain lui semblait devoir être bientôt de circonstance :

> Digue, digue, digue, dig din don,
> Ah ! que j'aime
> A sonner un baptême,
> Aux maris j'en demande pardon,
> Dig, din, don, din, digue digue don.

VI

L'ENTREVUE

Robert était déjà dans le train qui filait à toute vapeur vers Paris.

Accoudé dans un coin du compartiment de wagon où il était seul, il laissait errer son regard mélancolique sur les collines embrumées de l'autre côté de la Seine, que longe le chemin de fer jusqu'au delà de Villeneuve-Saint-Georges.

Parfois, son front se plissait sous l'effort pour ressaisir une pensée le fuyant toujours, mais bientôt il retombait dans la contemplation vague des horizons rapides.

Un coup de sifflet strident l'arracha de sa rêverie. Le train entrait dans la gare de Lyon.

Robert passa la main sur son front comme au

sortir d'un sommeil douloureux, et se souvenant alors, il rendit à son mâle visage l'expression habituelle d'énergie.

Il descendit résolument les quelques marches qui font face à la rue de Lyon, vit un fiacre, héla le cocher et lui jeta l'adresse des Donval.

Un quart d'heure après, il entrait dans le salon où le colonel semblait l'attendre en compagnie du fidèle Dutilloy.

— Monsieur, — dit le colonel dont la voix radoucie contrastait fort avec le ton méprisant de la veille, — monsieur, j'ai fait prendre sur vous et votre famille les renseignements dont j'avais besoin. C'est mon ami, ici présent, M. Dutilloy, qui s'est chargé de ce soin et, nous vous avouons, après ce que nous avons appris, être fort étonnés de votre... résolution.

— Je dirais même qu'elle est incompréhensible, — ajouta Dutilloy. — Peut-être agissez-vous sous l'empire de... commment m'exprimerai-je... sous l'empire d'une... surexcitation cérébrale, d'une fantaisie maladive, car enfin, vous ne connaissez pas mademoiselle Donval... et...

— Et vous me prenez pour un fou?

— Dame! il y a de quoi. Pardonnez-moi, monsieur, je n'ai pas l'intention de vous offenser, mais le colonel et moi, nous avons besoin maintenant plus que jamais de connaître le motif qui peut vous obliger à cette union, alors que les renseignements recueillis nous apprennent votre position. Vous êtes riche et considéré ; il, faut donc qu'il y ait une raison des plus graves.

— Vous allez la savoir — interrompit Robert — mais vous me jurez en échange de mon secret que rien ne sera changé aux conditions posées hier. Si vous me jugez un homme d'honneur, malgré l'acte étrange, honteux même, que je suis sur le point d'accomplir, les quatre cent mille francs me seront versés demain matin, à dix heures, ici même ?

— Je vous le promets — répondit le colonel qui ne dissimulait plus sa sympathie instinctive pour cet homme dont la loyauté illuminait le visage.

— Bien. Nous possédons, mon père et moi, une usine florissante, et notre honneur, comme notre probité commerciale, n'ont jamais subi la moindre atteinte.

— Nous le savons, monsieur.

— On vous a dit que les Daniel sont riches ?

— Oui.

— Ils sont ruinés !

— Ruinés ?

— Nous avons fait construire une nouvelle fabrique qui doit nous être livrée demain avec tout son outillage et ses machines, contre la remise de quatre cent mille francs, prix convenu avec les entrepreneurs, lesquels, d'après nos conventions, n'ont jamais touché d'acomptes. Toute la somme est restée en dépôt chez notre banquier, car nous avions stipulé dans le contrat des dédits énormes par chaque jour de retard apporté dans la livraison. Et, avant-hier, ce banquier a fait banqueroute!

— Ah! mon Dieu! — s'exclamèrent ensemble le colonel et Dutilloy.

— Mon père ignore sa ruine et je ne veux pas qu'il la sache. Il en mourrait. Il devait fatalement apprendre la triste nouvelle par les journaux remplis de détails sur la fuite du dépositaire de nos fonds. J'ai paré le coup terrible en mentant pour la première fois de ma vie. Je lui ai dit que, prévenu par la rumeur publique de la mauvaise situation du banquier, j'avais été lui reprendre les quatre cent mille francs et qu'ils étaient dans mon coffre-fort. Alors, j'ai été trouver mes entrepreneurs, je les ai suppliés d'entrer en arrangement, d'attendre; ils ne peuvent pas. Et d'ailleurs, il me faudrait toujours la signature de mon père pour négocier du papier et souscrire des obligations aussi fortes. Il en mourrait, je vous le répète. C'est trente années de sa vie de travail et d'honneur qui reposent là dans cette fabrique nouvelle. C'est son rêve de tous les jours réalisé enfin ; c'est le but vaillament poursuivi et qu'il croit avoir atteint ; c'est sa vieillesse assurée, heureuse par le labeur récompensé. Il ne résistera pas à l'horrible révélation. Pendant vingt-quatre heures, j'ai cru devenir fou en face de mon impuissance à parer le coup fatal qui bientôt l'atteindrait. En parcourant les annonces des journaux pour la centième fois, dans l'espoir d'y trouver des offres de prêts d'argent, possibles, acceptables, je lus l'avis que vous avez fait insérer. Quatre cent mille francs ! Juste la somme ! Après une nuit de terrible insomnie, où ma conscience et mon amour filial ont combattu et vaincu tour à tour, ce dernier l'a emporté. Et me voici prêt à vendre mon nom et ma vie pour sauver le nom et la vie de mon père. Comprenez-vous maintenant que, si je vous agrée, il me faut les quatre cent mille francs demain matin. C'est à midi que je dois les verser aux constructeurs. A trois heures je serai chez vous et je partirai le soir même pour l'Angleterre.

Le colonel se leva et tendit la main à Robert.

— Monsieur, vous êtes un honnête homme. Je vous en donne ma parole : demain à l'heure dite, vous recevrez les fonds, déjà réalisés par mon notaire. Je vous plains, mais je suis à plaindre aussi, plus encore, car la fatalité seule est coupable de votre malheur tandis que, moi, j'aurai toujours à me reprocher de n'avoir pas su mieux veiller sur l'honneur des miens.

Il alla vers un guéridon et fit résonner le timbre.

Rose accourut.

— Dites à madame Donval que je la prie de venir ici avec... sa fille.

Le cœur de Robert battit à se briser.

Quant à Dutilloy, à la pensée de la pénible scène qui allait suivre, il tapotait du bout des pieds le tapis et sifflotait entre les dents pour se donner l'air de complète indifférence que doit avoir, en toutes choses, un sceptique de sa force.

Depuis la veille, madame Donval, Rose et Dutilloy exhortaient Marcelle à obéir au colonel, puisqu'il y avait impossibilité de le fléchir. La pauvre enfant s'était d'abord révoltée, mais, à bout de forces, vaincue par sa mère elle-même qui lui montrait déjà le père adoré ne voulant pas survivre au déshonneur rendu forcément public, elle avait fini, non par consentir, mais par se laisser faire. Elle ne protestait plus, elle se taisait.

Quand elle entra, courbée au bras de sa mère, Robert tressaillit.

C'était la statue de la Douleur qu'il avait devant lui.

Madame Donval conduisit sa fille dans un fauteuil, la fit asseoir et prit place auprès d'elle, lui tenant une main dans les siennes et la suppliant du regard.

Le colonel, à la vue de sa fille, ne se souvenait plus que de la faute, et reprenait son regard dur et sa voix mauvaise :

— Marcelle... voici monsieur Robert Daniel qui vous fait l'honneur de vous épouser.

Marcelle leva lentement ses beaux yeux meurtris. Pendant quelques secondes, elle regarda Robert sans paraître comprendre, puis, comme si la lumière envahissait tout à coup son cerveau, elle se leva et, les mains jointes, vint tomber à genoux devant le colonel :

— Grâce! mon père!

— Grâce?... — et il recula d'un pas — pourquoi? Nos fronts blanchis criaient grâce aussi quand vous les entachiez de honte. En avez-vous eu pitié? Grâce?... mais Dieu vous l'accorde aujourd'hui en permettant que la fatalité oblige un honnête homme à vous donner son nom.

— Il fallait me laisser mourir plutôt!

— Je ne vous en ai pas empêchée.

Madame Donval se précipita sur son mari et lui mit la main sur la bouche :

— Tu blasphèmes! C'est notre enfant. Mon ami, je t'en conjure encore... laisse-moi l'em-

mener loin d'ici, tu ne la verras plus... de longtemps... laisse ta colère s'apaiser... ne l'oblige pas
à ce mariage.

Robert tremblait comme une feuille au vent.

— Pauvre enfant!... pauvre mère! — pensait-
il — aurai-je la force d'aller jusqu'au bout?

Dutilloy, lui, toussait, se mouchait comme
quatre, mais, par distraction sans doute, son
mouchoir allait plus fréquemment à ses yeux
qu'à son nez.

— On a beau être de bronze — murmurait-il —
ça vous émeut toujours un peu des situations
comme celles-là.

Marcelle, repoussée par son père, s'était traînée
à genoux devant Robert.

— Monsieur, ayez pitié de moi! Par tout ce
que vous avez de sacré, ne consentez pas à ce
mariage. Je suis bien coupable, mais j'aime...
j'aime celui qui m'a trahie! Vous ne voudriez
pas d'une femme qui en aime un autre, n'est-ce
pas?

Robert était livide.

— Pensez donc — continua Marcelle, hachant
ses phrases par des sanglots — pensez donc que
je ne pourrai jamais vous sourire! que ma pensée
sera toujours absente... toujours à lui... et que
nous rougirons l'un de l'autre... Vous me mépri-
serez, car ma faute restera implacable dans votre

esprit... et présente sans cesse à vos yeux... et moi... je penserai toujours au prix où vous avez taxé votre... complaisance...

— Mon infamie ! dites-le ! — s'écria Robert — vous avez raison... je ne peux...

— Monsieur — interrompit violemment le colonel — libre à vous de refuser, mais ce sera un autre, alors, car, je le jure ! aux yeux de tous, la fille des Donval ne donnera pas le jour à un bâtard.

La figure joyeuse du père Daniel venait de passer devant les yeux de Robert. Il murmura :

— J'allais faiblir. Et lui mourrait ! Oh ! malheureux que je suis ! mon devoir est dans la honte !

Et s'adressant au colonel :

— A demain, monsieur... j'ai votre parole... vous avez la mienne... j'épouserai votre fille.

Marcelle poussa un cri déchirant et tomba évanouie dans les bras de sa mère. . . . .

. . . .

Le lendemain à midi, Robert versait les quatre cent mille francs aux entrepreneurs de la fabrique. Le père Daniel pleurait de bonheur dans les bras de son fils.

— Elle est à nous ! Crois-tu que nous allons en faire de la belle besogne, là-dedans ! nous enfoncerons tous les concurrents de France et de l'Etranger. Nous devenons millionnaires ; toi, tu te fais nommer conseiller général du départe-

ment... pour commencer... puis après député...
sénateur?... Je n'oserai plus te parler que chapeau bas; quand tu m'inviteras à ta table, je
chanterai :

> Quel honneur!
> Quel bonheur!
> Ah! monsieur le sénateur,
> Je suis votre humble serviteur.

Et le père Daniel, fou de joie, embrassait son
fils à l'étouffer.

— Ça ne fait rien — ajouta-t-il en devenant
grave tout à coup — j'ai eu une fière venette avec
ce filou de banquier. Si tu n'avais pas eu le nez
de retirer l'argent, la veille, il l'aurait emporté
avec le reste. Nous vois-tu obligés de tout recommencer? Ah! j'en aurais fait une maladie, et une
rude! Mais raconte-moi donc, à présent, comment
tu t'y es pris pour arriver à temps avant que ce
brigand eût mis sa clé sous la porte.

— Plus tard, père, plus tard... j'ai à t'annoncer une autre nouvelle très inattendue pour toi...

— Quoi donc?

— Je pars pour trois jours... je vais en Angleterre.

— En Angleterre?... et pourquoi, mon Dieu?

— Ne me le demande pas, c'est un secret; mais

à mon retour, tu sauras tout. Il faut que je parte dans une heure.

— Tout de suite?... mais...

— Encore une fois, père... ne m'interroge pas... ce n'est pas long, trois jours, et...

— Comme tu dis ça, toi ! pas long, trois jours? Moi qui suis accoutumé à te voir dix fois au moins par vingt-quatre heures. Enfin, fais comme tu veux. En Angleterre?... Ah ! bah ! fit-il, comme pris d'une réflexion subite. — Est-ce que ce serait... tiens! tiens! Mais alors, nom d'une pipe ! si c'est ça qui te donne la figure de papier mâché que tu as depuis quelques jours, il n'est que temps de filer...

Robert ne savait quelle contenance garder et faisait des efforts surhumains pour sourire au brave papa.

— Viens que je te donne quelques instructions pour le travail que j'ai commandé pendant ces trois jours — dit-il pour couper court aux railleries qu'il pressentait venir.

— Tout de même — grommelait le père Daniel en suivant son fils dans le cabinet de travail, — j'aurais préféré pour ton voyage un autre moment que celui où, justement, nous inaugurons les nouveaux ateliers... Non ! je ne dis plus rien... — ajouta-t-il en voyant le visage de Robert s'assombrir de nouveau — fais à ta guise... tu es bien le maître, après tout.

Une heure après, Robert repartait pour Paris et le père Daniel, en le suivant de l'œil sur le chemin de la station, se disait :

— Est-ce qu'il serait toqué d'une Anglaise?... diable!... j'aimerais mieux autre chose... Pourtant non, depuis quatre jours, il est tout le temps à Paris... c'est là que gîte le trésor. Ça me va mieux... car, une Anglaise... moi, d'abord :

Je suis Français, mon pays avant tout !

. . . .

A l'heure convenue, Robert était chez le colonel Donval.

— Voici ce que j'ai décidé — lui dit ce dernier — sauf votre avis contraire. Vous partirez seul par le train de six heures et vous irez tout droit à Calais où, demain matin, ma fille et mon ami Dutilloy vous rejoindront. J'ai pensé qu'il valait mieux agir ainsi, car madame Donval, la bonne et moi, nous quitterons également Paris ce soir, et, sortant en même temps qu'eux, nous n'éveillerons chez les habitants de la maison et les voisins aucune idée malveillante.

Robert s'inclina et bientôt après il prenait congé du colonel sans avoir vu d'autre personne que Rose, laquelle lui lança des regards venimeux.

A six heures, Robert partait par le train express
de Calais.

Presque au même instant, le domestique de
Dutilloy accourait effaré chez les Donval et leur
annonçait que son maître venait d'être frappé
d'une congestion cérébrale.

e.
p.
n
c.
le

p.
to
ju
le

DEUXIÈME PARTIE

I

TROIS ANS APRÈS

Les affaires des Daniel ont quadruplé.

Une chance fabuleuse s'attache aux moindres entreprises de Robert ; tout lui réussit et ce n'est plus trois cents, mais huit cents ouvriers qui, maintenant, occupent la fabrique et ses annexes ; car il a fallu agrandir encore, élargir sans cesse le champ du travail.

La maison d'habitation primitive a été remplacée par un petit château, style Renaissance touchant au terrain des Daniel et qui s'est trouvé juste à point mis en adjudication trois mois après le mariage de Robert.

Un beau parc l'entoure, planté de vieux arbres, égayé de parterres fleuris et de chants d'oiseaux.

Une grande pièce d'eau que sillonnent deux cygnes blancs est ornée au milieu d'un groupe en marbre qui représente Hercule étranglant un lion, lequel lance par la gueule une colonne d'eau qui retombe en gerbe sur les roseaux, les nénuphars et les nymphéas bordant l'îlot du centre.

De la pièce d'eau, deux grandes allées, bordées de rosiers et de géraniums, se dirigent, la première vers une longue charmille formée de tilleuls centenaires, où le soleil de midi ne pénètre même plus depuis longtemps ; l'autre vers un petit bois touffu où tous les maraudeurs ailés, tous les virtuoses de passage ayant bec et plumes se donnent rendez-vous.

Mais les gentils gazouilleurs ne sont pas les seuls qui aient choisi cet endroit pour abriter leurs amours ou se reposer des escapades à travers champs ; le père Daniel ne manque pas un jour d'y venir, après son déjeuner.

Aussitôt le café pris, sa pipe à la bouche, il annonce qu'il va lire son journal au petit bois ; chacun sourit, car on connaît la façon de lire du brave homme qui, à peine sur le banc adossé à un orme immense, ferme les yeux et dort une heure durant, jamais plus, jamais moins. Au bout de ces soixante minutes, on vient le re-rejoindre ; on ne le surprend jamais endormi et le père Daniel est enchanté, car il se cache de ce qu'il appelle une faiblesse de tempérament.

Ce jour-là, par une chaude journée de juin, il est à son poste de sieste accoutumé, tirant les dernières bouffées de sa pipe agonisante qu'il garde et mâchonne tout en dormant ; mais il a beau fermer les paupières, le sommeil ne veut pas le prendre et il est réduit à lire pour de bon son journal.

Or, comme il a horreur de la politique et qu'il est fort énervé de ne pouvoir se livrer au repos quotidien, sa bile s'échauffe jusqu'à l'ébullition et les petits hôtes des taillis voisins lèvent la tête hors des nids, tout étonnés d'entendre les ronflements familiers remplacés par une véhémente diatribe sur un sujet qui leur est complètement étranger.

Heureux oiseaux !

— Allons bon ! encore un duel pour rire ! — s'écrie le père Daniel et il lit à haute voix :

« À la suite d'une altercation qui s'est élevée hier à la buvette de la Chambre entre M. X..., député du Gers et M. Z..., député du Gard, une rencontre a été jugée inévitable. Elle a eu lieu, hier, au Vésinet. Deux balles ont été échangées sans résultat ; les témoins ont déclaré l'honneur satisfait. »

Le père Daniel froissa le journal avec colère.

— L'honneur est satisfait, c'est possible, mais les électeurs ne le sont pas. Ah ! ça ! est-ce qu'ils s'imaginent, nos députés, qu'on leur donne des appointements pour s'exercer au tir au pistolet?... ou pour se disputer à la buvette ?... S'ils tiennent absolument à faire parler d'eux, il me semble que la tribune est préférable au Vésinet et qu'échanger des idées vaudrait mieux qu'échanger des balles... sans résultat, encore. Quelle drôle de chose que la politique ! Je mourrai sans y avoir compris un mot... mais avec cette consolation de savoir que ceux dont c'est le métier n'y comprennent pas beaucoup plus que moi.

Sur ce, ayant déversé une partie de la bile qui le gênait, il ferma de nouveau les yeux et s'efforça de dormir. Mais ce fut inutile ; ses yeux clos voyaient toujours et sa pensée ne s'assoupissait pas.

Il ramassa son journal glissé à terre, mais dès la première phrase, la colère le reprit :

— La question sociale !... ils en ont plein la bouche. Des théories à perte de vue, toujours !... jamais un commencement de pratique... La question sociale !... pour la plupart de ces beaux phra-

seurs, qui improvisent leurs indignations dans le
silence du cabinet, la question sociale, c'est le
poste à occuper dans le remue-ménage qu'ils
proposent. Ils se moquent du public badaud qui
juge les intentions au volume des paroles. Y en
a-t-il qui soient convaincus? Peut-être..... mais
alors des rêveurs, des songe-creux, des utopistes
qui donnent au peuple des tirades superbes en
guise de viande, qui connaissent tous les re-
mèdes dont à besoin l'humanité affamée et seraient très embarrassés si on leur demandait comment se fait le pain. Décidément, j'aime mieux
les Faits-Divers.... c'est plus vrai.... Ah! ça!
Qu'est-ce que j'ai donc à ne pas dormir, aujour-
d'hui?.... c'est la chaleur, sans doute... ou bien...
c'est...

Et le père Daniel se tut, pour la bonne raison
qu'il s'était enfin endormi.

Mais il avait perdu une demi-heure à monolo-
guer, et, pour bien lui prouver que le temps
perdu ne se rattrape jamais, trente minutes après
alors qu'il n'avait accompli que la moitié de sa
méridienne, il était réveillé par une embrassade
indiscrète et sans aucune retenue et l'embrasseur
bondissait sur ses genoux.

C'était Moustache, le caniche, qu'on ne lâ-
chait jamais que lorsqu'on supposait le vieillard
réveillé.

Au même instant, le feuillage derrière lui s'entr'ouvrit, laissant passer la mignonne tête d'une petite fille de deux à trois ans portée aux bras d'une forte gaillarde, qui lui murmurait à l'oreille :

— Fais : Coucou !... à grand-papa.

Et l'enfant, tapant ses petites mains, l'une contre l'autre, répéta, joyeuse :

— Toutou !... toutou !...

Le père Daniel dont le somme était ainsi interrompu avant d'avoir eu sa durée habituelle avait repoussé d'un air bourru le brave Moustache qui n'en continuait pas moins à lui lécher le visage et revenait à l'assaut avec une opiniâtreté trop affectueuse, mais, à l'appel enfantin, il s'était retourné, et, immédiatement sa figure avait pris une expression radieuse.

Il enleva l'enfant dans ses bras et l'embrassa longuement, bruyamment sur ses petites joues roses.

— Bonjour, Jeannette !.... bonjour, ma Jeanneton !... qu'est-ce qu'on dit à grand-père ?...

— A dada... à dada !

— A dada ?... tu veux aller à dada ?... Allons-y !

Et le genou du grand-papa fut transformé en un cheval fougueux dont les écarts désordonnés provoquaient des rires inextinguibles chez la jeune écuyère, à tous moments désarçonnée.

— Hue!... hop! hop! hop!.,. en avant!...
Tiens!... la voilà, ma politique... ma vraie... ma
seule... Est-elle assez jolie, hein?... — fit le père
Daniel à Rose qui se tenait à deux pas, contem-
plant l'aïeul et l'enfant d'un air attendri.

— Je vous crois qu'elle est jolie! — répondit
Rose.

Puis, malicieuse, elle ajouta :

— Il me semble que nous vous avons dérangé...
Vous dormiez...

— Moi? pas du tout... je... pensais... Dormir
en plein midi! Allons donc!... c'est bon pour les
malades ou les curés... et je n'ai jamais eu un
bobo, moi... ni eu envie de dire la messe, je suppose...

— Ah!... je croyais... je me suis trompée.

— Pour sûr que tu t'es trompée, grosse mo-
queuse.

Rose sourit.

Elle avait pris avec le père Daniel les mêmes
habitudes de familiarité qu'avec Dutilloy, dans le
temps ; et c'étaient au fond les deux meilleurs
amis du monde quoiqu'ils se querellassent à tout
propos au sujet de la petite Jeanne, dont chacun
d'eux avait la prétention d'être le préféré.

— Oh! oh!... il y a de la brouille par ici, dit
une voix tout près de là, dans l'allée.

Et au même instant, deux nouveaux personnages pénétraient bras dessus, bras dessous, dans le taillis.

C'étaient Robert Daniel et Marcelle.

Robert, souriant, empressé, l'œil plein de rayons joyeux, écartait avec sollicitude les branches à la hauteur du visage de Marcelle, qui semblait, elle aussi, sous le charme d'un bonheur récent.

Trois ans écoulés avaient amené un changement profond chez la jeune femme. De jolie, elle était devenue belle; de gracieuse, séduisante. Sa taille arrondie, ses épaules pleines, son bras dont l'étoffe collante disait l'exquisité des lignes, tout accusait la robustesse de sa nature et la richesse d'un sang qu'on devinait courir chaud et pur sous la peau.

— Maman!... maman!... s'était écriée la petite Jeanne.

Marcelle avait fait deux pas, les bras ouverts pour recevoir l'enfant — qui tendait les siens, quoique toujours retenue par le grand-père — mais elle s'arrêta soudain, comme ayant regret de son mouvement, et feignit de ne plus voir la mimique de sa fillette.

— Nous vous dérangeons, papa?... nous venons vous troubler dans votre retraite?... dans votre fumoir... — ajouta-t-elle avec un sourire.

Chacun ménageait l'amour-propre du grand-père.

— Mais pas du tout! pas du tout! Vous voyez, nous faisions une partie de cheval avec Jeannette. Non, mais regardez-la!... elle devient plus gentille chaque jour... Tu sais, Robert, que plus elle va, plus elle te ressemble.

Robert détourna la tête comme pour voir si quelqu'un ne venait pas dans l'allée; Marcelle se pencha vivement du côté de Rose et feignit de lui parler à l'oreille.

Mais le père Daniel ne s'aperçut pas de leur gêne subite et il continua, enfourchant un de ses dadas favoris.

— D'ailleurs, c'est connu : les filles ressemblent toujours aux pères. Et c'est tout naturel que...

— Personne n'est venu ce matin me demander? — interrompit Robert, sans savoir ce qu'il disait.

— Personne... tu attendais quelqu'un?

— Oui... pour... la vente du terrain, là-bas au-dessus de la fabrique. Il ne nous sert à rien.

— Ah! oui... non... il n'est venu personne. C'est curieux, tout de même — reprit le père Daniel, revenu à sa marotte — et, naturellement les garçons ressemblent aux mères. C'est pourquoi je voudrais bien vous voir arriver un garçon. D'abord, parce qu'il ressemblerait à Mar-

celle, ce qui ne le rendrait pas vilain du tout...
et puis, sacrebleu ! parce que ce n'est guère
gentil de ne pas donner un petit-fils au père
Daniel !

— Continuons notre promenade, mon ami —
dit Marcelle, devenue toute pâle, en prenant le
bras de Robert, très occupé en apparence à re-
dresser un arbuste ployé par le vent.

— Allons, Marcelle.

Et tous deux s'empressèrent de s'éloigner,
mais non sans recevoir encore la dernière bordée
de reproches amicaux du père Daniel.

— C'est vrai, ça !... A quoi diable pensez-
vous ?... N'est-ce pas, Jeanneton, que tu voudrais
avoir un petit frère ?... pour jouer avec...

Robert et Marcelle avaient disparu.

Rose, d'un air renfrogné, reprit l'enfant au
grand-père.

— Dis donc, Rose, ils avaient l'air plus joyeux
que d'habitude... rayonnant même..., et, patatras !
quand je leur parle d'augmenter la famille... c'est
toujours la même chose, ils prennent un air lugubre. As-tu remarqué ça, toi ?

— Hé !... vous leur dites toujours des bêtises.

— Des bêtises ? si j'avais fait fi de ces bêtises-
là je n'aurais pas eu un beau gaillard comme mon
Robert, hein ?

— Viens Jeanne... viens jouer à la balle sur la pelouse — dit Rose à l'enfant.

— Tu l'ac apares, cette petite. On dirait, ma parole d'honneur ! que c'est toi son grand-père. Je ne peux pas l'avoir dix minutes à moi.

— Eh bien, venez avec nous.

— Drôles d'amoureux que Robert et Marcelle — reprit le père Daniel en prenant par une main la petite Jeanne que Rose tenait de l'autre côté; — ils s'adorent, ça se voit, et devant le monde, devant nous, ils paraissent aussi embarrassés que s'ils se voyaient pour la première fois. Pourtant au déjeuner, aujourd'hui, ils se mangeaient des yeux comme si c'était le jour des noces ; ça, je l'ai vu avec plaisir... Si tu avais un amoureux, toi, Rose, est-ce que tu te gênerais comme ça avec lui?

— Oh ! non !... mais je ne suis pas du grand monde, moi.

— Eh bien, il est propre, ton grand monde où on ne peut ni dire ce qu'on pense, ni faire ce qu'on veut ; où on se croit obligé de rougir et de baisser les yeux pour s'aimer. Tiens ! ils me font hausser les épaules, tes amoureux d'aujourd'hui. De mon temps ça ne se passait pas ainsi. Je me rappelle...

— C'est ça, vous allez encore me raconter des histoires à faire rougir un dragon...

— Un dragon, possible... c'est naïf parfois...
mais toi, tu n'as pas la prétention...

— Vous êtes encore poli ! Sachez qu'on a toujours été sage, monsieur Daniel, et que pour la
vertu, je suis connue dans mon pays.

— Bah ! la vertu, c'est comme le vin, ça s'amé-
liore bien pendant quelques années, mais à la
longue, ça passe... ça s'évente et ça perd tout
son prix...

— Oh ! vous ! pour dire des plaisanteries, vous
n'êtes jamais en retard.

— Je ne plaisante pas. Ainsi, ils se disent :
vous !... Comme ça doit être amusant de s'aimer
en se disant : vous !...

— Dame ! c'est leur affaire, à monsieur et à
madame, si ça leur plaît.

— Est-ce que tu dirais : vous... à ton homme,
toi ?

— Ce n'est pas la même chose. Au village tout
le monde se tutoie ; alors on est tout habituée
quand on se marie.

— Ils ne reçoivent personne, et en ça, je les
approuve fort — personne, à part les Caravan
qu'on n'invite pas et qui viennent quand même.
Mais, saperlipopette ! je voudrais les voir se bé-
coter sans se gêner devant moi. Ça me ferait
plaisir. Robert n'a pas été toujours si timide,
pourtant.

— Comment ça ? — demanda imprudemment Rose.

— Dame ! quand il a, pensé à ce petit ange-là — répondit le père Daniel en désignant Jeanne fort occupée à remplir de sable sa robe blanche, — Il me semble que Marcelle aussi n'a pas fait tant que ça la mijaurée... et que nos gaillards se sont bel et bien passés du consentement de la loi et de leurs parents pour mettre au monde ce petit chef-d'œuvre mignon.

Rose devint toute rouge.

— Certainement... certainement... — balbutia-t-elle.

— Rien à dire à ça puisque Robert, en honnête homme qu'il est, a tout réparé en donnant son nom à la mère et à la petiote, mais tu ne m'ôteras pas de l'idée qu'ils devraient faire, maintenant que c'est permis, ce qu'ils faisaient quand c'était défendu.

— Allons, Jeanne — dit Rose, sans répondre au père Daniel — retournons à la maison ; il faut boire ta tasse de lait chaud... du bon lolo... viens.

— Tu l'emmènes déjà ?

— Oui, d'ailleurs, vous ne vous ennuierez pas, voici de la compagnie.

Et elle lui montra du doigt un couple qui s'avançait vers eux, par l'allée de la charmille.

— Bon! voilà ma paire de rasoirs! Ah ça! est-ce qu'ils ne vont pas s'apercevoir un jour qu'on lés porte sur les épaules, ici? Attends, je vais les recevoir avec tous les égards dus à leur mérite!

Rose s'était enfuie par l'autre côté avec Jeanne dans ses bras.

II

MONSIEUR ET MADAME CARAVAN

Les deux nouveaux venus que le père Daniel avait qualifiés de : la paire de rasoirs! s'avançaient.

M. Caravan, un pliant sous le bras, le visage distendu par une grimace qui voulait être un sourire affectueux, tendit la main au père Daniel.

— Eh! bonjour, cher monsieur Daniel; comment va votre santé?

— Ça va bien — répondit celui-ci avec cette urbanité que la légende — une mauvaise langue peut-être — a tort de faire l'apanage exclusif de l'ours.

— Je vous remercie, je me porte à merveille

7

— reprit M. Caravan, répondant à la question qui aurait pu lui être posée.

Madame Caravan se courba dans un salut cérémonieux.

— Monsieur...

— Bonjour.

— Mais, je ne vois pas M. et madame Robert ?

— Pardi ! vous ne pouvez pas les voir, puisqu'ils ne sont pas là.

— Nous venons du château — fit M. Caravan — les domestiques nous ont dit que ces chers enfants étaient dans le parc. Où sont-ils donc ?

— Ça, c'est leur affaire. Est-ce que vous croyez que je les mène encore avec des lisières ?

— Nous allons aller à leur recherche.

— Non pas ! — fit d'un ton rogue madame Caravan — il ne serait pas convenable qu'une Ermengarde de la Rochemoussue allât à la recherche de quelqu'un. Eh bien, monsieur Caravan, je crois que vous oubliez vos devoirs ?

— Pardon... voilà... voilà...

Et le mari s'empressa de placer le pliant ouvert devant son épouse.

— Ah ! si j'étais à la place de Robert — murmura le père Daniel — c'est moi qui les enverrais s'asseoir ailleurs !

Et, n'en pouvant plus de colère, il tourna brusquement le dos au couple ébaubi en lui jetant cet adieu dépourvu d'hypocrisie :

— Au revoir! Portez-vous bien... et moi aussi.

Quand il fut loin, madame Caravan donna libre cours à son indignation.

— Quel butor! et dire que vous me forcez à fréquenter un pareil monde !

— Moi ?... mais c'est...

— Taisez-vous !

Il faut d'abord que nous vous présentions ces deux personnages — peu sympathiques, c'est vrai — mais le romancier, comme le naturaliste, n'a pas que les types nobles de la création à étudier et à mettre en scène; il doit donner aux monstres et aux venimeux une place dans ses livres, puisqu'ils en occupent une dans la société.

Au physique, les deux époux différaient du tout au tout.

Il était petit, elle était grande et le dépassait de la tête; il était replet, bedonnant, elle était maigre et plate.

Au moral ils se valaient.

Il l'avait épousée, quoiqu'elle eût dix ans de plus que lui, qu'elle fût pauvre et lui riche, parce qu'elle avait nom : Ermengarde de la Ro-

chemoussue, et que cela flattait sa vanité de bourgeois imbécile. Depuis, il payait cher l'honneur
d'avoir allié sa roture aux vingt-quatre quartiers de la noble demoiselle, car il ne se passait
guère de jour qu'il ne s'entendît reprocher sa
basse extraction et jeter à la face des épithètes
malsonnantes. Parfois, poussé à bout, il se ré-
voltait, et c'était alors des scènes épouvantables
dont les voisins s'ébaudissaient fort. La douce
Ermengarde avait toujours le dernier mot dans
ces attrapages homériques.

Ils se méprisaient, se connaissant à fond, mais
n'auraient pas consenti à briser leur chaîne. Ils
étaient indispensables l'un à l'autre. La même
basse jalousie contre tout ce qui leur était supérieur, contre tout ce qui était beau ou bon,
grouillait dans leur âme. Ils étaient unis par un
lien commun : la méchanceté. Ils n'avaient
qu'un but unique : faire le mal. Ils allaient, l'œil
louche, espionnant sans besoin, sans prétexte ;
courant à celui-ci salir celui-là de leur bavar-
dage, de leur médisance ; heureux, le soir en se
couchant, de penser qu'ils n'avaient pas perdu
leur journée, s'ils avaient pénétré quelque
secret de famille ou calomnié quelqu'un.

La nature miséricordieuse n'avait heureusement pas permis que des enfants naquissent de
cette association pitoyable.

Par M. Caravan, ils se trouvaient parents éloignés de la famille Daniel. Ils étaient venus habiter Corbeil depuis deux ans et avaient été ravis d'avoir si près d'eux des cousins à visiter et à surveiller. D'autant plus qu'avec le génie du mal qui les rendait extra-lucides, ils avaient tout de suite flairé un mystère dans la vie de Robert et de sa femme.

Ce mariage qui s'était fait sans bruit, sans que personne le soupçonnât, sans qu'un parent fût invité à la cérémonie leur avait paru extraordinaire. Ils avaient dépensé, pour se renseigner sur les détails de cette union, plus d'astuce et de démarches que n'en usent deux fins limiers de la police, mis aux trousses d'une bande de malfaiteurs. Peines perdues. Tout ce qu'ils avaient pu savoir, c'est que Robert était parti un beau jour à l'étranger, qu'il en était revenu marié, que trois ou quatre mois après leur arrivée, madame Robert était allée en province avec Rose et n'était revenue qu'après sa délivrance, laissant l'enfant en nourrice.

Où madame Robert était-elle allée faire ses couches? De quelle famille sortait-elle? Où était cette famille? Voilà ce qu'ils n'avaient pu apprendre à leur grand regret.

Reçus froidement par Robert et sa femme, impoliment par le père Daniel, rien ne les avait rebutés. Ils venaient quand même, supportant les quasi-insolences des domestiques et les rebuffades des maîtres, furieux de ne rien surprendre qui pût leur servir à calomnier, tenaces dans leur besoin de savoir, infatigables dans la voie tortueuse où ils rampaient.

Pourtant leur patience s'exaspérait à la longue. Pensez donc! Deux ans d'espionnage inutile! Pas même une petite scène de ménage à constater, à amplifier démesurément chez les connaissances de Corbeil.

Une famille unie, respectée, et une situation de fortune brillante qui ne laissait pas la possibilité d'espérer une bonne petite faillite ou la déconfiture de l'usine!

Il y avait de quoi donner sa langue aux chiens... et les chiens n'en auraient pas voulu.

Pour achever d'être fixés sur les intentions charitables du vilain couple, revenons aux doux propos qui s'échangèrent entre eux après que madame eut imposé silence à son mari.

La noble Ermengarde mordillait ses lèvres minces à y faire venir le sang, ou plutôt le fiel. Elle étouffait de rage impuissante. Enfin, renversant du pied le pliant, elle se leva, les bras croisés, et vint dire d'une voix sourde et sifflante à l'oreille de Caravan :

— Et vous ne trouvez pas tout ça louche, vous ?

— Si.

— Avez-vous jamais remarqué quelqu'un d'étranger ici ?

— Non.

— Pour ne recevoir personne, dans leur position, il faut un motif. Et ce motif, je le deviné.

— Moi aussi.

— C'est que personne ne veut accepter leur invitation....

— Naturellement.

— Et c'est, qu'alors, il y a quelque chose de grave à dire sur leur moralité.

— C'est clair.

— Il y a un secret, vous dis-je, monsieur Caravan, un secret terrible ! Ne me contredites pas.

— Mais, je dis comme vous.

— A la bonne heure ! Et je veux le savoir. Je le saurai. Ce ne sera pas pour rien que j'aurai supporté pendant deux ans les froideurs insolentes de ce Robert et la politesse méprisante de cette femme.... une rien du tout probablement qu'il aura sortie du néant... Quand je dis : du néant, vous me comprenez, sans doute ?

— Parbleu !

— Son air de sainte-nitouche ne me trompe pas, moi !

— Ni moi non plus.

— Et ce père Daniel ! ce paysan ! est-il assez malhonnête ! Quand je pense qu'il me faut avoir des relations avec un pareil monde !

— Oh ! si ce n'était pas le besoin que nous avons de connaître le fond de tout ça, nous ne remettrions pas les pieds ici.

— Bien certainement. Je suis encore tout émue de la façon dont ce malotru nous a accueillis tout à l'heure. Ça devrait manger du pain noir et ça vous a des châteaux ! Un ouvrier ! Dieu sait comment il a acquis cette fortune. En travaillant ?... Allons donc !.. c'est peu-être dans l'origine de ces richesses qu'est la cause du dédain que leur témoigne le monde. Je vous le dis, moi !

Madame Caravan frappa violemment du pied le gravier fin de l'allée. Comme c'était le signe précurseur des tempêtes conjugales, M. Caravan se hâta d'essayer une diversion :

— Si nous nous en retournions à Corbeil ?

L'orage éclata. Il ne demandait qu'un prétexte, la proposition intempestive du mari le lui fournit.

— Nous en retourner ?.... bredouilles encore une fois ? Vous serez donc toujours aussi bête ?

Je ne m'en irai pas, monsieur, sans savoir quelque chose, cette fois, dussé-je interroger tout le pays. Il faut bien que je m'en charge puisque vous n'avez pas l'intelligence de le faire !

— Moi ?

— Oui ! que vous ont rapporté les vingt francs donnés au jour de l'an à cette Rose pour lui délier la langue ?

— Ah ! ça la lui a déliée... mais pour se moquer de moi. Quand je lui ai demandé où est né l'enfant, elle m'a répondu avec son gros éclat de rire idiot que c'était en Chine, dans le village de Cherche-après !

— Parce que vous n'avez pas su l'interroger. Sa réponse, d'ailleurs, prouve assez l'intérêt qu'ils ont à cacher les choses les plus simples : le lieu de naissance d'un enfant entre autres ! Patience ! patience ! on leur fera payer tout ça.

Et madame Caravan, bleue de fureur, brisa quelques branches d'un groseiller. C'était toujours ça en moins dans le parc où elle se donnait à chaque visite la satisfaction de déjoindre quelques pierres au mur ou de mutiler des arbustes et des bordures d'allées. Elle s'était souvent dit — à l'instar réduit de Néron — que si tous les arbres de la propriété des Daniel n'avaient qu'une seule racine, elle l'arracherait avec volupté.

Puis ce fut un rosier qu'elle décapita de sa fleur épanouie.

M. Caravan sentant son tour venu croisa les bras et s'arc-bouta sur sa jambe gauche comme un lutteur qui voit venir son adversaire et s'apprête à bien le recevoir.

— Du dédain !... pour nous !... pour moi, surtout, une Larochemoussue ! aussi je devais m'attendre à des humiliations de ce genre, en vous épousant.

— Nous y voilà ! — fit Caravan.

— Ah ! je paye cher aujourd'hui encore la sottise que j'ai faite en me mésalliant.

— Alors, ça va recommencer ?

— Toujours. Votre conscience restera éternellement chargée du remords d'avoir demandé ma main que, dans mon ingénuité, je n'ai pas su refuser.

— Votre ingénuité ? Vous aviez trente-huit ans ?

— La noblesse garde son ingénuité longtemps, monsieur. Nous ignorons, nous autres, la vie banale et vos appétits grossiers. Vous devriez être continuellement à mes genoux pour implorer votre pardon. Je vous ai apporté, moi, monsieur, vingt-quatre quartiers de noblesse.

— Et moi, je ne vous ai apporté qu'un demi-quartier, mais c'était un demi-quartier composé de douze maisons, et votre ingénuité s'en est trouvée fort aise !

— De l'insolence !

— Vous me poussez à bout, à la fin !

— De la révolte ! Vous continuez la rébellion des manants, vos grands-pères, qui ont osé porter la main sur nos privilèges sacrés ?... sur nos parchemins ?...

— Eh ! madame, mes murailles fraîches valent bien vos parchemins jaunis !

— Mes... oh !... c'est trop fort !... j'étouffe ! Aïe !... aïe !...

Et elle se laissa choir dans les bras de son mari qui s'était avancé pour la recevoir, tellement il était sûr du dénouement habituel. C'était réglé comme au théâtre, ces scènes à peu près hebdomadaires, et la crise de nerfs était le baisser obligatoire du rideau.

Aux cris perçants de la noble Ermengarde, Rose, qui se trouvait à une fenêtre du château et qui ne reconnut pas dans ces appels déchirants une voix trop connue, s'empressa d'accourir.

— Qu'est-ce qu'il y a ? On assassine quelqu'un ici ? — s'écria-t-elle en pénétrant dans le petit kiosque où M. Caravan avait conduit son épouse pâmée.

— Vite !... Rose !... du vinaigre !... de l'eau sucrée !... Madame Caravan se trouve mal !

— Ah! c'est vous ? fit Rose tranquillement, — fallait donc le dire ! Pas besoin de vinaigre ; faut faire comme chez nous, un seau d'eau dans la figure et ça n'y paraît plus.

Madame Caravan souleva sa paupière languissante comme si elle revenait d'un monde inconnu, et murmura, hachant ses mots de soupirs douloureux :

— Vous étiez là, Rose ?... vous êtes si complaisante... Voulez-vous me donner le bras pour m'aider à marcher un peu ?

Rose, avec une grimace, s'approcha d'elle et l'aida à se lever. Madame Caravan, après un regard d'intelligence lancé à son mari, fit quelques pas, appuyée sur la bonne.

— Ah !... ça va mieux... grâce à vous... Dites... où sont donc ces chers enfants ?... nous les aimons tant !... Ah ! ils ne savent pas à quel point !... Je peux le dire, — à vous qui êtes plutôt leur amie que leur domestique — ils ont tout à gagner en nous choyant un peu. Nous n'avons pas d'enfants, nous sommes riches, et, tout naturellement, c'est à la petite Jeanne que nos biens reviendront.

— Vous êtes bien honnête, mais...

— Si. Nous sommes d'accord là-dessus, M. Caravan et moi. Robert est si bon... et Marcelle, si gracieuse... si aimante... Tiens ! c'est à propos de votre maîtresse que nous avions une discussion il y a dix minutes, mon mari et moi. Il prétendait qu'elle a l'accent du Midi, de la Provence... moi je le contestais. Vous pourriez nous renseigner, Rose ; de quel...

— Pardon !... on sonne !... écoutez !... il faut que j'aille ouvrir.

Rose n'avait pas eu besoin du prétexte qui lui venait déjà à l'esprit afin de lâcher les Caravan : on sonnait effectivement à la porte grillée devant l'habitation.

III

—

LE MYSTÈRE

Rose poussa un cri en apercevant, à travers les barreaux de la grille, la personne qui sonnait.

Elle resta clouée au sol, bouche béante, en proie à un hébétement extraordinaire. Il fallut que le nouvel arrivant, avec une explosion de rires, la réveillât de son état d'hypnotisme.

— Eh bien! quoi! tu n'ouvres pas? Est-ce que j'ai l'air d'un vagabond? N'aie pas peur, j'ai lu, sur un écriteau, là-bas, que la mendicité est interdite dans le département de Seine-et-Oise.

— M. Dutilloy! — finit par articuler Rose —

ce n'est pas Dieu possible!... En voilà une surprise!...

— Voilà comme je suis, moi! On ne m'attend
pas, j'arrive, histoire de contrarier le monde.
Que veux-tu, on ne se refait pas.

Rose était devenue toute pensive.

— Eh bien — reprit Dutilloy — c'est la joie
que tu éprouves à me revoir? Elle est modé-
rée...

— Pardon! — fit vivement Rose, comme si
elle chassait une idée pénible. — Vous disiez?...
Oh! oui, je suis contente et madame va être bien
heureuse... je cours la prévenir.

— Un mot avant, — et Dutilloy la retint par
le bras. — Comment ça va-t-il ici?

— Mais... très bien... très bien...

— Ah! tant mieux... Marcelle est-elle heureuse?

— Oui... oui... elle va vous raconter tout ça
elle-même.

Et Rose, se dégageant des mains de Dutilloy,
s'enfuit en lui criant:

— Je cours annoncer votre arrivée à madame. . . . .

. . . .

A l'autre extrémité du parc, aux confins du
petit bois, Robert et Marcelle continuaient leur
promenade.

La jeune femme tenait ses yeux baissés obsti-
nément vers la terre, mais ils avaient une expression de joie délicieuse, et le sang affluait à ses
joues sous l'empire d'une émotion profonde.

Ils allaient, lentement, comme s'ils eussent
craint d'abréger leur route. Le bras de Marcelle,
appuyé à celui de Robert, avait des tressaillements
de bonheur et parfois se reprenait, se faisait
moins lourd, comme avec la peur de trahir trop
les battements du cœur.

De longs silences s'établissaient entre eux. A
la dérobée, rapidement, sous le prétexte de voir,
derrière, quelque pinson posé sur une branche
ou un coin du ciel bleu par les éclaircies des
grands arbres, leurs yeux se rencontraient et
échangeaient alors un long et ineffable aveu
d'amour; ils semblaient implorer un mutuel
pardon d'avoir trop longtemps attendu pour
s'extasier comme ils le faisaient à l'heure présente.

— Alors, vous approuvez mon projet? chère
Marcelle.

— Oh! mon ami, ne répond-il pas au plus
ardent désir de mon cœur? ne met-il pas le comble
à vos bontés?

— Marcelle...

Robert eut un geste de doux reproche. Il
reprit :

— Ainsi, c'est convenu. J'écris aujourd'hui même au colonel et à madame Donval — sans oublier votre bon ami Dutilloy. Je leur annonce mon arrivée là-bas, et rien ne s'oppose plus à notre bonheur.

— Oui, Robert.

— Et de cette façon, mon père ignorera toujours ce qui s'est passé. Vous vous confiez à moi, n'est-ce pas, mon amie, pour obtenir notre pardon des vôtres et mener à bien ce projet?

— Oh! Robert, n'ai-je pas assez appris à vous connaître depuis trois ans que vous vous ingéniez à me rendre douce la route que je croyais à jamais infranchissable pour moi.

— Marcelle, vous m'avez promis de ne plus jamais parler...

— Je ne peux m'empêcher de vous dire encore combien mon âme vous garde de reconnaissance. Ne vous méprenez pas — ajouta-t-elle vivement — je ne me souviens du passé que pour bénir le ciel qui vous a envoyé vers moi. Tout autre souvenir s'est dissipé au souffle de votre bonté. Depuis trois ans, chaque jour, je sens croître en moi ce sentiment de gratitude qui me fait vous écouter, vous bénir, vous...

— Achevez, Marcelle!

— Vous... aimer.

8

Robert souleva la main adorable de Marcelle, la porta à ses lèvres et y déposa un long baise, chaste et passionné à la fois.

La jeune femme tressaillit, pâlissante, et ferma les yeux, comme vaincue par la réalisation d'un immense bonheur jusque-là inespéré.

La voix de Rose retentit tout près d'eux :

— Madame ! Madame !

— Rose m'appelle... dit Marcelle, et elle quitta vivement le bras de Robert.

On eut dit une jeune fillette, honteuse d'être surprise pendant son premier rendez-vous d'amour.

Rose arriva, tout essoufflée.

— Madame !... madame !.., quelle nouvelle !... figurez-vous... monsieur Dutilloy...

— Monsieur Dutilloy ?

— Il vient d'arriver.

— Ah ! bah ! — s'exclamèrent joyeusement Robert et Marcelle.

Puis, tout à coup, pris d'une même pensée, ils se regardèrent, et l'inquiétude parut remplacer l'éclair de joie qui avait illuminé leur regard.

— Dites à M. Dutilloy que nous venons, fit enfin Robert.

Rose tournait déjà les talons, Marcelle l'arrêta.

— Il ne t'a pas questionnée ?

— Je me suis sauvée tout de suite ; il allait le faire, et moi je ne me sens pas le courage de lui dire...

— Va... va...

Rose disparut.

Robert, qui paraissait réfléchir profondément, reprit dans sa main la main de Marcelle.

— L'arrivée de M. Dutilloy ne peut empêcher nos projets de se réaliser. Mais je crois qu'il nous sera impossible de lui taire la vérité.

— Oh !... il est si bon... il m'aime tant... Je ne crains rien de lui.

— Faites comme vous le voulez, Marcelle.

— J'ai hâte de l'embrasser...

— Allez !... je vous rejoins dans un instant, mais si vous ne vous en sentez pas la force, laissez-moi tout lui dire.

— Merci, mon ami... c'est à moi qu'il appartient de faire cette confession à M. Dutilloy.

Elle s'enfuit, légère, dans la direction du château.

Dutilloy était assis dans un petit salon, où il s'était introduit lui-même ; Rose, dans son émoi, l'ayant laissé à la porte.

Marcelle se précipita dans ses bras.

— Oh ! mon bon ami ! que je suis heureuse de vous revoir, enfin !

— Ma chère petite Marcelle !

— Depuis trois ans !

— Ce n'est pas ma faute, va ! Si l'on m'avait écouté !

— Oh ! j'en suis bien sûre ! et maman ?... papa ?... comment vont-ils ?

— Parfaitement.

Dutilloy prit les deux mains de Marcelle dans les siennes, l'attira entre ses genoux écartés, et, les yeux pétillant de malice à l'idée de la surprise heureuse qu'il allait causer, il reprit :

— Devine la bonne nouvelle que je t'apporte ?

— Une bonne nouvelle... encore ?... non... je ne sais pas... dites...

— Eh bien !...

— Eh bien ?... Oh ! le méchant qui me fait languir !

— Eh bien !... ton père et ta mère arrivent demain.

— Demain... ici... Oh ! mon Dieu !...

Marcelle se mit à trembler.

— Qu'as-tu ?... On dirait que ça ne te fait pas plaisir ?

— Oh ! si... c'est la joie... l'étonnement...

La jeune femme était devenue toute pâle.

Dutilloy poursuivit :

— Cela n'a pas été sans mal, va. Ta mère et moi

lisions seuls tes lettres, ton père n'ayant pas encore voulu te pardonner, malgré nos supplications de tous les jours. Mais, petit à petit, le
temps faisait sa besogne miséricordieuse et nous
sentions bien que sous la rudesse des réponses
du colonel perçait un attendrissement mal dissi-
mulé. Il y a un mois, nous l'avons surpris, lisant
en cachette une de tes lettres qu'il avait dérobée,
comme un voleur, dans la poche de ta mère et
couvrant de baisers le portrait de ta petite fille
que tu avais envoyé. Alors, ta mère et moi, nous
redoublâmes de séductions, de tentatives pour
emporter les dernières résistances de la place.
Oh! ce n'était plus difficile, elle était tout à fait
démantelée. Il y a une semaine, c'est ton père
qui nous a dit un beau matin : « Mes amis,
apprêtez-vous, nous partons pour Paris dans huit
jours. » Nous étions ravis, tu penses, mais il y
avait quelque chose qui me mettait la puce à
l'oreille. Tu affirmais bien, dans tes lettres, que
tu étais heureuse, mais tu mentais peut-être pour
ne pas chagriner les tiens. Et puis, il y avait des
réticences, des hésitations dans ta manière de
raconter certains détails de ta vie, qui nous in-
quiétaient, ta mère et moi. Alors, je me suis dit :
— « Peut-être vaut-il mieux s'assurer par mes
propres yeux, — qui ne sont pas bons à grand'-
chose — de la situation réelle de Marcelle et la

prévenir de l'état d'esprit actuel de son père. »
C'est pourquoi j'ai précédé tes parents de vingt-
quatre heures. Voilà.

— Toujours le même cœur dévoué.

— Bon ! tu t'y laisses prendre aussi, toi ? Entre
nous, si je suis venu un jour à l'avance, c'est un
peu pour la raison que je t'ai dite, mais surtout
parce que j'avais absolument besoin d'accourir à
Paris pour... mes affaires.

— Vos affaires ?

— Oui... il me fallait faire un achat... indispensable... des bretelles perfectionnées qu'on ne
trouve qu'ici. Mes anciennes ne pouvaient pas
tenir un jour de plus.

Le brave Dutilloy, sentant qu'il pataugeait dans
ses explications pour démontrer qu'il était toujours le grand égoïste d'autrefois, s'empressa de
changer de conversation.

— Ce n'est pas tout ça... je bavarde... ne t'oc-
cupant que de ma personne, alors que j'ai tant
d'autres choses à te demander. D'abord, réponds-
moi bien franchement, es-tu heureuse ?

— Oh ! oui ! — répondit Marcelle d'une voix
joyeuse ; mais aussitôt elle baissa les yeux sous
le regard interrogateur de son vieil ami.

— Hum !... tant mieux ! tant mieux ! Mais, vois-
tu, dans tes lettres, il me semblait lire entre les
lignes un tas de choses pas gaies du tout, et ça

m'ennuyait fort. Et ta figure en ce moment me
dit que je ne me trompais pas. Voyons, il n'est
pas besoin de cachotteries avec moi. Il faut me
dire la vérité. Ton père arrive demain ; il est nécessaire que je sache à quoi m'en tenir sur la réalité de ton bonheur avant qu'il ne t'interroge lui-
même.

— Mon père... ah ! oui...

Marcelle redevint toute pâle.

— On ne me trompe pas, moi ! Tu es malheureuse... Ne dis pas le contraire... je le vois. Cet
homme, n'est-ce pas, te reproche sans cesse...

— Lui?... jamais !... c'est le plus généreux
cœur qui soit au monde.

— Alors c'est que tu ne peux t'habituer à lui.
Pourtant l'estime que tu parais lui accorder pourrait suffire à faire naître l'amitié. Je comprends
très bien que tu ne puisses l'aimer.

Marcelle se voila la figure de ses mains et murmura :

— Je l'adore !

— Hein?... tu dis? Mais alors c'est tant mieux
Seulement il ne t'aime pas, lui?

— Si, je suis sûre, maintenant qu'il m'aime.

Et le visage de Marcelle revêtit une expression
radieuse, mais aussitôt, l'idée de son père arrivant le lendemain, à l'improviste, chassa le sou-

rire de ses lèvres et son regard s'assombrit sous une pensée douloureuse.

Rien de ce brusque passage de la joie à l'inquiétude n'avait échappé à Dutilloy qui baisa la jeune femme au front et se fit plus tendre, plus insinuant :

— Ma bonne petite Marcelle, sois franche, dis-moi ce qui te fait de la peine. Explique-moi cet imbroglio. Vous vous adorez et tu n'es pas heureuse ! Vous êtes fous l'un de l'autre, ce dont je suis ravi... et — ma foi ! je dis toute ma pensée — et vous n'avez pas d'enfant !...

Marcelle, malgré les efforts qu'elle faisait pour se retenir, éclata en sanglots.

— Là... tu vois bien que tu es malheureuse !...

— Oh ! si vous saviez, mon ami... si vous saviez !

— Quoi ?... parle ?...

— Eh bien...

— Eh bien ?

— Ah ! il faut que je le dise à vous, car je n'oserai jamais faire cet aveu à mon père.

— Mais quoi ?... parle donc !...

— Nous ne sommes pas mariés !

— Hein !... tu dis ?... vous n'êtes pas... je rêve !... tu es folle !... ou tu te moques de moi ?

— Non, nous n'avons jamais été mariés. Oh ! écoutez moi... quand vous saurez tout, mon ami...

La porte s'ouvrit ; Robert apparut sur le seuil.

Marcelle se leva et essaya de sourire, mais les pleurs avaient rougi ses yeux et Robert s'en aperçut.

Il courut à elle.

— Vous avez reçu quelque mauvaise nouvelle ? — demanda-t-il avec un affectueux empressement.

— Non... c'est l'émotion... la joie de revoir mon bon ami... Il va vous dire tout... à tout à l'heure... je vous laisse...

Et elle disparut, rapide, par une porte du fond.

Robert, souriant, s'avança vers Dutilloy, lui tendant sa main ouverte.

Celui-ci feignit de ne pas voir ce mouvement amical, et d'un ton brutal, il s'écria :

— Monsieur... m'expliquerez-vous...

Il s'arrêta, la face congestionnée par la colère, la langue paralysée. Un étourdissement le prit et il allait tomber si Robert ne se fût avancé pour lui offrir l'appui de son bras.

— Il fait très chaud, ici, monsieur Dutilloy,

c'est ce qui vous aura incommodé. Allons dans le parc.

Dutilloy se laissa emmener, mais lorsqu'il fut à l'air, son malaise s'étant dissipé tout à coup, il repoussa l'appui que lui donnait toujours Robert et se mit à marcher fiévreusement, droit devant, suivi par son compagnon, tout étonné de cette façon d'agir, mais n'osant, par politesse, par déférence, l'interroger sur le motif de son emportement.

Au bout de cinq minutes, le vieillard s'arrêta court et se croisant les bras, ses yeux dans ceux de Robert, il lui dit :

— Monsieur... je viens de causer avec Marcelle... Pressée par mes questions, elle me faisait au moment où vous êtes entré un aveu qui me stupéfie et qui me fait même douter de sa raison.

— Un aveu ?

— Elle me disait que vous n'ê-tes-pas-ma-ri-és !

Dutilloy scanda chacune des syllabes en balançant la tête d'un air féroce.

— Marcelle vous a dit la vérité.

— Vous n'êtes pas mariés ?

— Non. Ce secret, vous l'auriez connu dans quelques jours et je suis heureux que votre arrivée inattendue me permette de vous faire connaître notre étrange situation, ignorée de tout le monde ici, sauf de Rose. Je vous dois l'explication de ma conduite que vous jugeriez sévèrement sans cela, et le colonel Donval...

— Il arrive demain.

— Demain ?... ici ?..,

— Oui.

Le visage de Robert exprima une vive contrariété et Dutilloy eut un rire moqueur :

— Je comprends que cela vous ennuie...

— Oui, je vous l'avoue. Je voulais avoir avec lui cette explication... mais pas ici... pas devant mon père... N'est-il plus temps de lui télégraphier qu'il retarde son voyage de quelques jours... d'un jour, même ?

— Impossible... il est en route déjà.

Robert eut un nouveau geste de dépit.

Ils marchèrent quelques minutes sans se parler.

— Pas mariés ! — reprit Dutilloy tout à coup, — Pas mariés ! Mais, monsieur, c'est un abus de confiance ! Comment, vous avez reçu quatre cent mille francs pour donner un nom à une femme et à un enfant, et cette femme est restée dans sa position infamante de fille séduite et cet enfant n'est toujours qu'un bâtard ?

— Je vous ai dit que tout le monde ignore cette situation. Aux yeux de tous, Marcelle est madame Robert Daniel et sa fille est Jeanne Daniel.

— Mais, c'est un mensonge !

— Si vous vouliez m'écouter...

— Vous écouter ?... Que pouvez-vous me dire ? Le fait seul d'avoir trahi la parole donnée me prouve qui vous êtes !

— Monsieur !

— Et quand le colonel saura...

— Il jugera ma conduite...

— Belle conduite !...

— Monsieur Dutilloy — dit Robert de sa voix calme et grave — je vous ferai remarquer que je prends la peine de m'expliquer avec vous quand j'aurais le droit de n'en rien faire.

— De n'en rien...

Dutilloy s'interrompit, vaincu par la réflexion logique de son interlocuteur.

Il balbutia :

— Au fait ! c'est vrai.

— Mais vous êtes le vieil ami révéré de Marcelle et je vous dois compte de mes actions comme à son père. Veuillez m'écouter avec patience et ne me juger qu'après m'avoir entendu.

— J'écoute — dit Dutilloy, subitement radouci.

— Nous ne sommes pas mariés. J'ai cédé il y

a trois ans aux prières de Marcelle, à ses larmes.
Rose — notre seul témoin, puisqu'une maladie
subite vous a empêché de nous accompagner —
Rose, touchée comme moi par la douleur de sa
maîtresse, a été notre complice. Nous sommes
revenus ici où j'ai présenté Marcelle comme ma
femme et mon père croit que Jeanne est mon enfant. Pour éviter les interprétations malveillantes
de nos rares visiteurs, j'ai envoyé Marcelle, trois
mois avant sa délivrance, dans un village du
Midi d'où je ne l'ai fait revenir que longtemps
après. Je m'engageais dans une impasse sans
issue probable, je le savais, mais je ne me sentais pas le courage de forcer cette pauvre femme
à ce mariage alors qu'elle aimait toujours son séducteur. J'attendais que le temps apportât l'apai-
sement, sinon l'oubli, dans ce cœur déchiré...

— Et maintenant?... quoi?

Robert calma du geste l'impatience de Dutilloy.

— Un jour, j'ai cru m'apercevoir que Marcelle
avait oublié le passé et qu'elle n'aimait plus... cet
homme...

— Et?...

— Et moi... j'aimais Marcelle. Elle devint toute
ma pensée, toute ma vie. Pourtant je me suis tû,
jusqu'aujourd'hui où je crois être sûr que mon
amour est partagé.

— Mais, c'est du roman, ça !

— Oui, du roman, avec une situation que le roman n'oserait pas créer et qui existe, étrange, impossible et pourtant réelle. Aujourd'hui que nos cœurs se sont compris, se sont donnés, je peux dire au colonel à madame Donval et à vous leur vieil ami : Voici ce qui s'est passé : J'ai violé ma parole d'honneur, je suis coupable mais vous me pardonnerez en sachant les motifs de ma faute et maintenant Marcelle va devenir ma femme respectée, adorée et.... heureuse, je le crois.

— Tout ça, c'est parfait.... pour moi.... prêt à excuser votre conduite, toute inexcusable qu'elle soit, mais le colonel, que va-t-il dire? Je le connais et je doute fort qu'il soit satisfait de cette façon d'agir. Vous aurez un compte sévère à régler avec lui.

Dans un massif voisin, le feuillage s'agita bruyamment; on entendit un bruit sourd produit par la chute d'un corps à travers les branches.

Robert mit un doigt sur sa bouche pour recommander le silence à Dutilloy et lui murmura à l'oreille :

— Eloignons-nous. Ici les buissons ont quelquefois des oreilles... et de vilaines, encore. Retournons à la maison.

Tous deux s'éloignèrent.

Derrière eux, du massif, émergèrent les têtes des Caravan.

— Maladroit !.... c'est vous qui les avez fait fuir !

— Ce n'est pas ma faute... j'ai buté du pied contre une souche.

— Sûrement, nous allions en savoir de belles. Qu'est-ce que c'est, d'abord, que cet homme ? Je ne l'ai jamais vu ici. Encore une figure qui ne me revient pas.

— Un créancier, sans doute : il paraissait fâché contre Robert.

— Vous avez entendu ce qu'il lui disait quand nous avons pu écouter — trop tard, malheureusement — « Le colonel... vous aurez un compte sévère à régler avec lui... »

— Oui... je l'ai entendu.

— Qu'est-ce que ça peut vouloir dire ?

— C'est là le mystère cherché.

— Quand je vous le disais que tout est louche, ici.

— Il doit y avoir... un duel là-dessous... — fit Caravan, songeur, le menton plongé dans la paume de sa main.

— Un duel ?... Qui vous fait supposer...?

— Je ne sais pas... un colonel ?... il aura insulté un colonel qui lui envoie son témoin.

— Il s'agit peut-être d'une séquestration d'enfants. On n'en voit jamais qu'un... Où sont les autres?... Est-ce naturel, qu'on n'ait qu'un enfant dans un ménage?

— Ça oui. Nous n'en avons pas du tout, nous.

Madame Caravan jeta un regard de dédain sur son mari.

— Il n'aurait plus manqué qu'une Larochemoussue confirmât sa mésalliance en faisant souche de vilains.

Caravan ne jugea pas à propos de recommencer la scène de tantôt et reprit vivement pour détourner l'entretien qui prenait une mauvaise direction :

— J'y suis! Le colonel... veut faire poursuivre Robert parce qu'il aura mangé la grenouille au régiment.

— Mais il dit n'avoir jamais servi.

— Alors, c'est un réfractaire.

— Ou un déserteur, peut-être.

— Plutôt... c'est ça... il aura déserté après avoir tué son colonel...

— Imbécile !

— Qui?

— Vous.

— A cause...

— Puisque le colonel va lui demander des comptes, il n'est pas mort.

— C'est juste. Je n'avais pas réfléchi à ça.

Les deux époux restèrent silencieux pendant une minute. Leurs fronts plissés trahissaient l'effort prodigieux qu'ils faisaient pour trouver quelque nouvelle infamie à imputer au cher cousin.

Madame Caravan saisit tout à coup le bras de son mari.

— J'y suis !... j'ai trouvé !

— Ah ?... dites !

— Depuis quelque temps la contrée est mise au pillage par des malfaiteurs inconnus ; les crimes deviennent de plus en plus fréquents et leurs auteurs restent impunis. Pourquoi ?

— Pourquoi ?... Je ne sais pas.

— Parce qu'ils sont organisés savamment. Monsieur, ne m'interrompez pas ! Je vois... Horreur ! Robert fait partie de cette bande de brigands commandée par un chef qu'ils nomment le colonel.

— Je croyais que c'était toujours un capitaine...

— Tout change avec ce que vous appelez le progrès. Or, — suivez-moi bien — Robert a mal exécuté son dernier attentat, un meurtre peut-être, et le colonel va lui demander des comptes sévères.

— C'est clair. Courons prévenir la police.

9

— Pas si vite. Ne mêlons pas notre nom à des affaires criminelles. Celui de Caravan n'a rien à perdre, mais songez-y, mes nobles aïeux rougiraient là-haut en voyant une Larochemoussue lever la main devant des croquants.

— Alors...

— Il suffira d'une lettre adressée au Parquet lettre que nous ne signerons pas, car, après tout Robert est votre cousin et il serait pénible d'être la cause officielle de l'arrestation d'un parent, tout coupable qu'il soit. Et puis, nous ne sommes pas encore assez certains de la nature du crime. Nous reviendrons demain par ici, puisque ces poseurs ne sont pas visibles aujourd'hui, et, je vous le jure, monsieur Caravan, je saurai la vérité.

Ils regagnèrent la porte du château.

Sur la pelouse devant laquelle ils devaient passer avant d'arriver à la grille, Rose jouait avec Jeanne.

Les Caravan s'approchèrent, avec le sourire onctueux et attendri dont ils revêtaient leur visage aussitôt qu'ils n'étaient plus seul à seul.

La petite Jeanne — qui avait une peur affreuse de la Caravan dont Rose la menaçait quand elle n'était pas sage et qui, pour elle, était l'incarnation de Croquemitaine — se réfugia dans les bras de sa bonne à l'apparition de la cousine.

— Est-elle gentille ! — dit celle-ci à Rose qui cachait la tête de l'enfant apeurée dans son tablier — Au revoir, mignonne ! Nous t'apporterons des gâteaux bientôt.

— Ça lui fait mal aux dents les gâteaux — fit Rose en inclinant à peine la tête pour répondre à l'adieu amical qu'on lui adressait.

Une fois la porte franchie, madame Caravan envoya un dernier baiser à Jeanne à travers les barreaux de la grille et, reprenant son visage haineux du tête-à-tête conjugal, elle dit à son digne acolyte, en faisant grincer de rage sés vieilles dents jaunes :

— Est-elle assez mal élevée, cette enfant !

— Elle a de qui tenir.

— Patience !

— Patience.

IV

ÉPREUVES

Il nous faut revenir en arrière pour expliquer l'étrange situation que Robert et Marcelle s'étaient créée.

Dutilloy, frappé d'une attaque d'apoplexie alors qu'il devait accompagner Marcelle en Angleterre, avait été remplacé par Rose en qui les Donval avaient une confiance absolue.

Le colonel avait résisté encore aux supplications de sa femme qui voulait consoler Marcelle et la soutenir dans ses défaillances jusqu'après l'accomplissement du mariage. L'honorabilité, la position de Robert et ce qu'il avait pu juger de son caractère, lui semblaient de sûrs garants

que la parole donnée serait tenue religieuse-
ment.

Dès son arrivée à Londres, Robert s'était occupé des formalités à remplir, et, comme elles
sont très simples là-bas, tout était prêt le lendemain pour cette union qui devait être plus tard
légalisée en France.

Mais Marcelle, vaincue par les douloureuses
émotions des derniers temps, dut s'aliter. On devait forcément retarder le mariage de quelques
jours, le médecin appelé en hâte par Robert ayant
déclaré que c'était une surexcitation extrême des
nerfs et qu'il fallait éviter à la malade toute espèce
de contrariété. Le calme le plus absolu étant ordonné pour le moral comme pour le physique,
Robert ne pénétrait pas auprès de Marcelle ;
Rose le tenait au courant des phases de la maladie.

Rose, voulant épargner à madame Donval de
nouvelles douleurs en lui apprenant l'état de
Marcelle, avait pris sur elle de mentir carrément,
et avait écrit à ses maîtres que tout s'était bien
passé, qu'ils n'eussent à avoir aucune inquiétude, que tout s'était accompli comme cela devait
être.

Elle avait avoué à Robert, une fois la lettre
envoyée, le mensonge que sa tendresse pour ses
maîtres lui avait dicté ; Robert l'en avait fort

blâmée, mais ne s'était pas senti le courage de détromper M. et madame Donval.

Le mariage ne se ferait-il pas toujours. C'était un simple retard dont les conséquences ne pouvaient amener aucune suite fâcheuse.

Et de son côté, il avait écrit au père Daniel que son séjour en Angleterre avait pour but un mariage dont il demandait pardon de lui avoir fait un secret, qu'il lui fallait rester, non pas trois jours, mais quinze, vingt jours, un mois peut-être, avant de rentrer à Mennecy.

Au bout d'une semaine, Marcelle allant mieux put recevoir Robert.

Une immense commisération entra dans le cœur du jeune homme, à la vue de ce pâle visage, émacié par la douleur, ravagé par les larmes incessantes. Il fut sans force, sans énergie quand Marcelle lui dit d'une voix si faible, qu'elle semblait exhaler ses dernières volontés :

— Je vous en supplie, monsieur Daniel, ayez pitié de moi. Ne m'obligez pas encore à ce mariage; vous épouseriez une morte. Celui que j'aime ne peut m'avoir abandonnée ainsi; il n'a pu cesser de m'aimer; il reviendra et nous serons deux à vous témoigner notre reconnaissance éternelle. Vous êtes bon, je le sens, voudriez-vous mon malheur à tout jamais?

— Le puis-je? — avait répondu faiblement

Robert — n'ai-je pas donné ma parole à votre père ? Et j'ai reçu le prix de mon nom, vous le savez.

— Eh bien, laissez-moi espérer encore quelque temps. Si dans un mois... ou deux, pas plus... il n'est pas revenu, je me soumettrai, je vous le jure !

Les jours s'écoulaient et c'étaient les mêmes douces supplications qui brisaient la volonté de Robert.

Rose joignait ses prières à celles de sa maîtresse, elle prenait tout sur elle. Le colonel pardonnerait un jour et n'en voudrait pas à Robert d'avoir trahi sa parole quand il saurait que sa fille serait morte de ce mariage. Il l'aimait toujours ; il fallait laisser au temps le soin d'apaiser sa colère.

Robert se laissait prendre à ces raisons, malgré les protestations de sa conscience. Il en arrivait à se demander s'il avait le droit d'accomplir cet acte monstrueux accepté dans des jours d'affolement où son amour filial s'était exagéré la situation. Il dirait tout à son père et trouverait facilement à emprunter maintenant sur la nouvelle usine les quatre cent mille francs qu'il rendrait au colonel.

Il s'était engagé à donner un mari à la fille séduite, un nom à l'enfant, il tiendrait parole. Il

retrouverait ce Paul de Rassenetz et le ramène-
rait à Marcelle. Le colonel pourrait-il lui en vouloir, alors ? En tous cas, il aurait la conscience
nette, ayant fait ce que lui dictait l'honneur. Plus
tard, deux êtres le béniraient de les avoir réunis ;
il n'aurait pas à regretter toute sa vie d'avoir fait
le malheur d'une pauvre innocente et d'avoir
enchaîné sa propre liberté par ce pacte odieux.

Sa résolution fut ainsi prise et quand il la dit à
Marcelle et à Rose, celles-ci tombèrent à ses genoux, lui baisant les mains dans leur reconnaissance.

Marcelle, rendue à la santé par l'espérance,
fut bientôt en état de supporter le voyage et Robert, que les affaires rappelaient impérieusement
à Mennecy, pressa le retour en France.

Dans la ligne de conduite qu'il se traçait, un
seul point noir inquiétait encore Robert.

Devait-il dire la vérité à son père ?

Il recula devant la désillusion à apporter au
pauvre vieux, lequel tous les jours, écrivait des
lettres enthousiastes sur le bonheur qui allait lui
tomber du ciel sous la forme d'une bru, à coup
sûr belle et bonne comme tous les anges du para-
dis, puisqu'elle avait su plaire à son fils.

Et puis, raconter au père Daniel ce roman
d'hier, c'était lui révéler forcément la perte des

quatre cent mille francs volés par le banquier et empoisonner sa joie.

Non. Il fallait le préparer lentement, ne lui dire la vérité tout entière que plus tard, quand le travail de la maison aurait en partie comblé le déficit et réparé la brèche faite à la fortune des Daniel.

Robert voyait bien qu'il tentait une aventure dangereuse, hérissée de difficultés à chaque pas ; que ce rôle de faux mari serait terriblement dur à jouer devant le monde et que sa conduite pourrait être diversement jugée lorsqu'il serait parvenu à rendre Paul de Rassenetz à Marcelle.

Il s'était dit tout cela.

La logique le terrassait quand il se prenait à vouloir la combattre avec ses arguments tirés du cœur et non de la raison.

Il ne voyait pas d'issue à l'impasse où il s'engageait. Mais il acceptait tout ce qui pouvait arriver de pire plutôt que d'obliger Marcelle à devenir sa femme, plutôt que de voir encore ces beaux yeux se remplir de larmes et l'accuser.

Ce que Robert ne pouvait s'avouer, car il en était inconscient, c'est que les beaux yeux commençaient à faire une profonde impression sur lui, c'est qu'il se hâtait, dès que l'heure où Marcelle le recevait allait sonner et que, tout en rassérénant le cœur de la jeune femme par des projets d'avenir formés pour elle et Paul, il sentait son cœur battre plus fort que de coutume. Une douce sensation l'envahissait lorsqu'en la quittant, elle lui laissait sa main dans la sienne pendant quelques secondes et qu'elle lui disait avec un doux sourire consolé : Espérons !... au revoir, mon ami.

Car ils avaient convenu de s'appeler : mon ami, mon amie, devant le monde et ils s'habituaient déjà à ne pas se tromper.

Aux yeux de Marcelle, Robert apparaissait maintenant comme un sauveur qui allait lui rendre le bonheur perdu.

Elle se sentait attirée à lui comme à un ami déjà ancien.

Rose, effrayée de son mensonge et de la responsabilité que la confiance du colonel et de madame Donval avait assumée sur sa tête avait bien voulu protester contre les projets de Robert et avait insisté pour que le mariage se fît, maintenant que Marcelle n'était plus en danger, mais de nouveau vaincue par les caresses et les supplications, elle était entrée dans le complot avec le dévouement du chien qui voit le danger inévitable et qui suit quand même son maître.

Ils arrivèrent à Mennecy où le père Daniel, transporté de joie, embrassa les pseudo-mariés à les étouffer.

Du premier jour, Marcelle plut au brave homme
et Rose et lui devinrent aussitôt une paire
d'amis.

Quand Robert, une fois seul avec son père,
commença de lui bredouiller, avec cette gêne
visible des gens qui ne savent pas mentir, l'histoire de son mariage : une jeune fille séduite, une
faute à réparer... la cause de sa discrétion coupable envers lui... le père Daniel l'interrompit.
Tout ça ne le regardait pas ; il avait une belle
fille comme il l'avait rêvée, il aurait un petit-fils
ou une petite-fille à cajoler et il remerciait Robert
de lui donner du bonheur, à en revendre à tous
les heureux de la terre.

La joie du bonhomme attrista fort Robert.

Il regretta aussitôt de ne pas lui avoir dit la vérité et fut sur le point de se jeter à ses pieds, de
lui demander pardon ; mais il se contint. La catastrophe financière était trop récente, le coup eût
été trop rude pour le père Daniel, et le sacrifice
inutile.

Dès le lendemain, à table, Robert et Marcelle
eurent à subir les plaisanteries amicales du père
Daniel, ses allusions égrillardes sur les amours
discrètes de son fils, qui avait eu bien tort de
faire tant le mystérieux avec lui.

Robert faisait des prodiges d'imagination pour
détourner les causeries vers des sujets moins

brûlants que ceux de l'amour conjugal et des pro-
génitures nombreuses où se complaisait le bonhomme, et qui mettaient Marcelle à la torture.

Au bout de quelques jours, il conseilla à
celle-ci de prétexter un malaise opiniâtre pour
prendre ses repas dans sa chambre pendant que
lui allait tenir sa parole en cherchant à décou-
vrir Paul de Rassenetz ; car il serait absent du
matin au soir, et il ne pourrait la laisser avec le
père Daniel, dont la bienveillante curiosité était
difficile à satisfaire autrement qu'à grands ren-
forts de mensonges.

Pendant un mois, Robert partit chaque matin
à Paris et revint chaque soir, triste, n'ayant pas
trouvé celui qu'il cherchait. Des indices vagues,
des pistes aussitôt perdues, voilà tout ce qu'il ob-
tenait de ses recherches, obstinées, incessantes,
laborieuses, poursuivies avec une ardeur, une
fièvre d'autant plus grandes, qu'il sentait la situation devenir inextricable.

Et quand il rentrait à la nuit, le front soucieux,
Marcelle devinait que les investigations de la
journée avaient été vaines.

Silencieuse, elle lui tendait la main avec un
doux sourire mélancolique et reconnaissant.

Bien que les Daniel ne fréquentassent pas le
monde et ne reçussent personne en dehors des
clients et des fournisseurs (les Caravan n'étant

pas encore venus habiter à Corbeil), il ne fallait pas donner prise aux commérages, aux cancans d'ateliers et laisser comparer des dates aux mal-intentionnés qui auraient déjà pu remarquer chez la jeune madame Daniel certains changements physiques sur la nature desquels il n'y aurait bien-tôt plus à se tromper.

Après un conciliabule tenu à trois — Rose étant de toutes les combinaisons — Robert annonça au père Daniel qu'un médecin de Paris consulté avait ordonné formellement que Mar-celle devait passer le restant de sa grossesse dans le midi, dont le climat seul pouvait faire mener à bonne fin la délivrance.

Tout en maugréant contre la malechance qui allait lui enlever sa bru et Rose — deux amies dont la présence lui était devenue indispensable — le père Daniel comprit la valeur des raisons invoquées et pressa même le départ pour qu'on ne perdît pas un rayon de ce soleil bienfaisant, grâce auquel le petit-fils souhaité allait bientôt sourire au jour.

Robert alla installer Marcelle et Rose dans un petit village du département du Gard, chez une brave femme, veuve d'un de ses ouvriers, victime d'un accident de travail dans les ateliers de Mennecy, et à laquelle il faisait une pension. Elle était toute dévouée aux Daniel.

Quand Robert quitta Marcelle à la petite gare où il l'avait accompagnée, il lui dit :

— Prenez courage, mon amie... il n'est pas à Paris, j'en ai la conviction, mais je le retrouverai, dussé-je fouiller le monde entier, et je vous le ramènerai.

Marcelle avait répondu en lui tendant la main.

— Vous êtes bon, mon ami ! je prierai Dieu qu'il vous guide.

Et, comme le train allait se mettre en marche, les portières se fermaient déjà, elle avait, les yeux baissés, tendu son front, où Robert avait déposé un baiser fraternel — le premier.

Le train était déjà loin.

Robert, l'œil rivé à la lanterne rouge du dernier fourgon, qui se rapetissait dans l'espace, ne bougeait pas. Il fallut qu'un homme d'équipe, poussant un chariot à bras, le priât de se garer, pour qu'il s'éveillât de sa rêverie ; il s'y replongea une fois dans le train qui le ramenait à Paris, et tantôt ses yeux s'illuminaient d'une flamme attendrie, tantôt un long soupir douloureux s'exhalait de sa poitrine, comme un regret du réveil, comme un anéantissement de la vision d'un Éden perdu, d'un coin de ciel entrevu, mais inaccessible.

Robert recommença ses tentatives pour retrouver Paul.

Les derniers renseignements obtenus le confirmèrent dans l'idée que le jeune homme avait quitté la France; il chargea alors ses correspondants à l'étranger de faire des recherches, se proposant de partir aussitôt la présence de Paul de Rassenetz signalée quelque part.

Chaque jour, il dépouillait son courrier d'une main fiévreuse, le cœur angoissé, et quand il avait constaté une fois de plus l'absence de nouvelles concernant Paul, une tristesse le poignait en pensant à la pauvre Marcelle qui, là-bas, vivait dans une cruelle attente. Pourtant, sans qu'il se rendît compte de cette contradiction, sa poitrine se déchargeait d'un poids énorme, une fois la dernière lettre lue. Il mettait cette sensation sur le compte de la satisfaction éprouvée, alors qu'on est sûr d'avoir accompli son devoir, même quand les résultats sont stériles.

Six mois se passèrent ainsi.

Robert et Marcelle s'écrivaient deux fois par semaine. Les lettres du premier contenaient toujours les mêmes exhortations à l'espérance, la même confiance dans l'heureuse issue des recherches, dans le retour de l'égaré repentant; celles de la jeune femme étaient toutes de résignation douloureuse et de remerciements affectueux pour l'ami, pour le noble caractère qui se dévouait à la résurrection du bonheur envolé.

Un matin, ce fut une lettre de Rose que reçut Robert.

La brave fille écrivait à l'insu de Marcelle. Elle annonçait que les symptômes de la délivrance avaient apparu et qu'elle avait peur, bien peur, car sa maîtresse semblait plus affectée que jamais. Elle craignait de ne pas suffire à la consoler, à l'exhorter dans ce terrible moment, ayant entendu la pauvre jeune femme souhaiter la mort, libératrice des douleurs.

Robert comprit, et le soir même il partait

Deux jours après il déclarait à la mairie du village une fillette sous les prénoms de Jeanne Pauline, née de père et mère inconnus.

Il avait expliqué à Marcelle, qui voulait donner à l'enfant le nom de Donval — ce nom lui appartenant — que, plus tard, il leur serait plus facile, à Paul et à elle, de reconnaître l'enfant déclarée de parents inconnus. Et Marcelle s'était rendue à cette raison.

Il fut convenu qu'elle et Rose resteraient quatre mois au village, afin que le retour à Mennecy parût se produire tout de suite après le rétablissement. L'enfant serait laissée à la bonne hôtesse, transformée en nourrice sèche, car elle avait une superbe chèvre, au lait exquis, dont la petite Jeanne s'accommoda parfaitement dès le premier jour.

Lorsque Marcelle et Rose revinrent, c'est le père Daniel qui fut content !

— Enfin ! — s'écria-t-il en embrassant Marcelle — ce n'est pas trop tôt que vous reveniez ! La maison était d'un triste ! Figurez-vous que Robert était comme un bonnet de nuit tout le temps !

Et comme Robert rougissait et que Marcelle détournait les yeux :

— Pas besoin de rougir pour ça. Ça se comprend assez qu'on ne se marie pas, à votre âge, pour s'aimer à deux cents lieues de distance. Seulement, vous savez, aussitôt qu'il y aura moyen, je veux avoir ma petite-fille ici..... J'ai dans l'idée qu'elle ressemble à son père, hein ?

Robert, sans répondre, courut ouvrir la fenêtre et y conduisit Marcelle qui se trouvait mal.

Le soir même, Robert dit à la jeune mère :

— Je suis désespéré. Toutes mes investigations et celles de mes correspondants du dehors ont été vaines. On ne sait ce qu'*il* est devenu. Nous devons prendre une détermination. Ou il faut tout avouer à votre père qui pardonnera, maintenant que le temps a dû faire son œuvre, et à qui je pourrai remettre votre dot, ou il faut... que je tienne l'engagement violé depuis trop longtemps.

Marcelle était devenue toute tremblante.

— Mon ami.... notre faute ne s'aggravera pas plus.... accordez-moi encore quelques mois je vous prie.

— Comme elle l'aime ! — avait pensé Robert en s'inclinant devant le désir de celle qu'il croyait chérir à l'égal d'une sœur.

Tous les mois, Marcelle allait passer huit jours auprès de sa fille; mais bientôt le père Daniel supplia tant qu'on fit venir la petite Jeanne à Mennecy et la maison s'illumina de la présence de cette fillette dont le rire adorable sembla redoubler la gaîté naturelle du père Daniel et fit renaître le sourire dans les yeux de Marcelle.

Tout à sa petite-fille, le père Daniel s'occupa moins de taquiner Robert et sa femme sur leurs amours à *la glace*, comme il disait dans son langage expressif.

Deux ans s'écoulèrent.

Robert aimait éperdument Marcelle.

La respectueuse sympathie, l'immense pitié qu'il avait ressenties pour la jeune femme s'étaient peu à peu transformées en profond amour. Et il était forcé de s'avouer que cet amour faisait sa joie et son tourment de toutes les minutes. Sa joie, car il ne vivait plus que pour les instants dé-

licieux où sa main pressait une main qui s'aban-
donnait à l'ami, où la voix aimée retentissait à
côté de lui pendant les causeries familières du
soir, faisant vibrer son cœur d'exquises sensa-
tions ignorées auparavant. Et c'était son tourment, car il croyait toujours cette femme éprise
de *l'autre* et une atroce jalousie du passé lui
broyait le cœur.

Quoi qu'il fît pour le chasser de sa pensée, le
souvenir odieux y revenait sans cesse.

Lui, jusqu'ici plein de grandeur d'âme dans
tous les actes de sa vie, cœur ouvert aux idées
génére uses, larges, sur tout ce qui touchait aux
faiblesses de l'humanité, lui, qui se sentait fait de
mansuétude et de pardon, il était maintenant le
jouet de rancœurs mauvaises, de passions étroites,
mesquines, indignes d'un homme fort ; il se prenait parfois à accuser cette femme d'avoir été à
un autre, de lui avoir volé ce bonheur pour lequel il eût donné sa vie aujourd'hui.

Quand il la voyait, rêvant, silencieuse, en
proie à une douce mélancolie, qui chez elle avait
remplacé l'amer désespoir des premiers temps, il
donnait un corps à la rêverie de la jeune femme,
et c'était toujours l'image du rival d'autrefois
que son imagination croyait voir passer devant
elle.

Il aiguisait sa souffrance continuellement,

il se torturait avec une âpre volupté en évoquant les amours de Paul et de Marcelle, il se martyrisait à la résurrection imaginaire des serments échangés jadis et qui devaient encore être gravés dans le cœur de celle que tous croyaient sa femme.

Il voulait aimer la petite Jeanne et il l'aimait au fond de son cœur, elle était si mignonne, si caressante, mais parfois, la vue de l'enfant le faisait souffrir cruellement. Il cherchait dans les traits de l'innocente à connaître le visage du père et il lui en voulait alors d'être jolie, puisqu'elle était sans doute la vivante image de *l'autre* et qu'elle le rappelait ainsi à sa mère, à chaque heure, à chaque minute.

Ah ! il s'accusait de ces petitesses d'âme, de ces vilaines pensées, il s'efforçait de les rejeter loin, mais c'était plus fort que lui.

Il souffrait de la plus terrible des jalousies, celle du passé.

Marcelle ne se doutait guère des combats douloureux qui se livraient dans l'esprit de Robert, toujours attentif, respectueux, empressé de lui plaire, de satisfaire ce qu'il prenait pour un désir. Elle lui était profondément reconnaissante de sa conduite envers elle, des recherches laborieuses faites pour lui ramener Paul de Rassenetz et de la sollicitude dont il les entourait,

Jeanne et elle. Et puis, elle s'était vite aperçue de l'amour qu'elle avait inspiré. Il aurait fallu être aveugle pour ne pas le voir.

Elle en fut d'abord bien malheureuse car, toute au souvenir de l'infidèle en qui sa foi restait robuste, elle comprenait tout ce qu'on doit souffrir d'un amour non partagé. Elle se fit plus douce, encore plus *sœur* avec lui, croyant apaiser par un redoublement d'amitié la passion qu'elle voyait croître de jour en jour.

Mais la grâce opérait. Il était impossible que la fusion psychique de ces deux êtres beaux, jeunes, aimants, n'eût pas lieu.

Petit à petit, elle en vint à se reprocher de penser tant à celui qui l'avait si lâchement abandonnée, de sentir son cœur tressaillir encore aux souvenirs d'autrefois, alors qu'à ses côtés elle voyait souffrir un homme loyal et bon dont l'amour devait être l'orgueil d'une femme.

Un soir qu'elle était plongée dans une de ces rêveries qui faisaient la torture de Robert, — car il croyait en deviner le sujet constant, — elle se réveilla en sursaut, l'œil empli d'une expression joyeuse, inaccoutumée, et elle devint toute rouge en s'apercevant dans une glace. Pour la première fois, Paul avait été absent de sa pensée et Robert l'avait occupée tout entière.

Elle aimait Robert !

Souvent, après les repas, Robert offrait son bras à Marcelle et tous deux s'en allaient à travers le parc, lentement, les yeux perdus dans les arbres le jour, dans les étoiles la nuit, ne rompant le silence que pour échanger quelques banalités dont ils s'étonnaient, ayant le cœur plein de choses exquises.

Chacun d'eux, maintenant, se savait aimé de l'autre et pourtant ils se taisaient, emprisonnant au fond du cœur l'aveu qui ne demandait qu'à voler aux lèvres. C'est qu'ils souffraient tous deux d'un doute douloureux.

Dans l'idée de Robert, les rêveries de Marcelle où il régnait seul, pourtant à cette heure, avaient toujours pour cause la hantise d'autrefois; pour Marcelle, les tristesses de Robert naissaient du passé inoublié, de la souillure ineffaçable.

Et quand ils marchaient ainsi, silencieux, côte à côte, chacun d'eux plongeait dans l'autre, cherchant à analyser les sentiments qui l'agitaient, bâtissant des suppositions absurdes où sombrait tout espoir d'avenir riant.

Pourtant ils sentaient frémir leurs mains unies dans l'adieu du soir et, devant le père Daniel, raillant la chambre à part des époux, il fallait bien en arriver chacun à ceci, dont s'ensoleillaient leurs cœurs : donner et recevoir le baiser au front.

Et, en s'endormant, deux voix murmuraient avec une expression d'espoir infini : « Pourtant, il m'aime ! » — « Pourtant elle m'aime ! »

Robert ne parlait plus de régulariser cette situation impossible. Il ne se sentait plus la force de rendre Marcelle à ses parents, de ne plus la voir, de la perdre à jamais, et il n'osait pas demander l'accomplissement du mariage, croyant encore violenter ce cœur, où la blessure ne devait pas être cicatrisée.

Une fois, que Marcelle était allée seule à Paris faire quelques achats et devait revenir par l'express s'arrêtant à Corbeil, Robert ordonna d'atteler au coupé et s'en fut la chercher à la gare.

Marcelle eut un sourire ineffable en l'apercevant. Elle était si heureuse de ses moindres prévenances !

Ils étaient montés dans la voiture et Robert avait donné l'ordre au cocher de presser pour atteindre Mennecy avant la nuit car de gros nuages, menaçants, couraient bas au-dessus de leurs têtes.

Bientôt, l'orage gronda.

La pluie commença de fouetter les vitres du coupé et Marcelle, se voilant les yeux avec ses mains, de peur des éclairs, manifestait une telle frayeur en se serrant contre Robert qu'il l'entoura d'un bras à la taille comme pour la protéger du péril. Et Marcelle aussitôt, sous cette première étreinte, se sentit secouée d'un frisson de bonheur.

L'orage pouvait redoubler ses colères, la terre s'effondrer dans un cataclysme, elle ne voyait plus rien qu'un cœur adoré qui battait contre le sien, qu'un bras tremblant qui la brûlait délicieusement et faisait courir dans ses veines une ivresse insoupçonnée.

Pendant l'heure trop rapide que dura le voyage, ils ne prononcèrent pas une parole, abîmés dans leur extase.

Les nuages noirs roulaient, désordonnés dans le chaos du ciel, ils n'y percevaient que des oasis fleuries où habitaient leurs rêves.

Et quand le coupé s'engouffra sous la grille du château, Marcelle, sans savoir, révélant son amour inconsciemment, posa sa main moite sur la main de Robert, appuyée, légère et frémissante autour de sa taille, et les deux mains s'unirent dans un aveu muet et suprême.

Ce soir-là, Robert, seul dans sa chambre, le visage transfiguré par le bonheur, s'abîma dans dix projets divers dont sortit celui-ci, le plus logique et le plus honnête, à son sens :

Il écrirait le lendemain au colonel et à madame Donval, qu'il se rendait chez eux, ayant à les entretenir immédiatement de choses d'où dépendaient le bonheur de Marcelle et le sien. Une fois là-bas, il leur ferait la confession franche, loyale, de tout ce qui s'était passé. Il dirait, ce qui était l'exacte vérité, que, s'il n'avait pas agi plus tôt, ainsi que l'honneur le commandait — même en excusant la première défaillance à Londres, — c'est qu'il voulait être sûr d'être aimé et que, cette certitude, il l'avait maintenant.

Et ils iraient se marier dans le petit village où Jeanne avait été en nourrice. Personne, à Mennecy, n'en saurait jamais rien; le père Daniel moins que personne.

Voilà le projet qu'il avait communiqué à Marcelle dès le lendemain matin et qu'elle avait accueilli avec une joie suprême, puisqu'il réalisait le vœu de son cœur.

Malheureusement, l'arrivée inattendue de Dutilloy, bientôt suivie de celle des Donval, changeait tout cela. Il faudrait faire l'aveu pénible, Marcelle étant là, ce que Robert avait voulu lui éviter en allant chez le colonel.

Ce qu'il fallait impérieusement, c'est que le père Daniel ne sût rien. Il devait rester dans l'ignorance des faits passés et à venir et ne pas soupçonner une minute que Jeanne n'était pas sa petite-fille.

C'est ce que Robert expliqua à Dutilloy, lequel fut absolument de son avis, après qu'ils se furent éloignés du buisson où les Caravan, ouvrant déjà leurs vilaines oreilles, avaient fort heureusement trahi leur présence.

V

PAUL DE RASSENETZ

A l'angle du boulevard des Capucines et de la place de l'Opéra, deux hommes, marchant en sens inverse et gênés par la foule des promeneurs se heurtèrent violemment de l'épaule

— Maladroit !

— Imbécile !

Tous deux s'étaient retournés, menaçants, mais à peine la volte-face exécutée, aussitôt qu'ils s'aperçurent, une nouvelle exclamation double retentit, mais étonnée, joyeuse, différant du tout au tout de la première.

— Paul !

— Charles !

— Toi?... Mais qu'es-tu devenu? Il y a un siècle qu'on ne t'aperçoit nulle part!

— Oh! un siècle de trois ans, tout au plus.

— Les bruits les plus étranges ont circulé sur ta disparition.

— Ah bah!

— Oui. D'aucuns t'ont dit mort.

— Je peux t'affirmer que ce n'est pas vrai.

— Dame! je te crois; tu as l'air si convaincu dans ton affirmation. D'autres ont dit que tu t'étais enfui et, qu'ayant essuyé une culotte colossale au Cercle, tu avais été te refaire au Cap où — paraît-il — les rues sont pavées de gigantesques rubis et les routes macadamisées avec des diamants, le caillou étant trop cher, là-bas.

— Il n'y avait de réel dans cette version que la culotte du Cercle. Mais continue donc à me raconter les suppositions auxquelles j'ai donné lieu. Rien d'intéressant comme de lire les articles nécrologiques dont on a été l'objet de la part des bons amis.

— Boislevé a prétendu que tu avais été enlevé par une princesse russe et le petit Gaston, un de tes intimes, affirmait t'avoir reconnu sous la fausse barbe d'un croupier à Monaco.

— Ce cher Gaston!

— Et le plus grand nombre, dont je faisais partie, je l'avoue, a trouvé que ton départ subit coïncidait d'une manière étonnante avec la disparition de la grosse Nini, celle que tu avais baptisée toi-même, avant d'être pris dans ses énormes lacs : Nini Queue de Lapin.

Une légère rougeur passa, rapide, sur la joue de celui qu'on appelait Paul.

— Comment, Nini est donc partie? — dit-il avec un air d'indifférence complète.

— Envolée! évanouie! Toute la vieille garde l'a pleurée et elle a laissé des regrets éternels dans le cœur des sexagénaires cossus qui fréquentaient son salon où, — paraît-il — elle tenait marché d'innocents à lancer et de femmes du monde dans l'embarras. On dit même...

Paul de Rassenetz — car c'était le séducteur de Marcelle — ne paraissait pas tenir beaucoup à avoir de plus amples détails sur Nini et interrompit son compagnon.

— Tout ceci m'importe peu ; dis-moi plutôt ce que tu as fait, toi. Tes affaires sont-elles toujours florissantes ? T'es-tu marié ?

— Je te remercie, mon commerce va on ne peut mieux et j'ai épousé une femme charmante qui m'a donné deux bébés gentils à croquer. Tu viendras les voir. Je t'invite, quoique tu ne sois pas un gaillard à introduire dans les ménages, tu t'y comportes trop mal, s'il faut en croire la chronique d'autrefois. Mais j'espère que les voyages t'ont mis du plomb dans la tête et que tu nous reviens assagi. Au fait, tu es peut-être marié aussi?

— Non.

— Avec tout ça, tu ne m'as toujours pas raconté ce que tu as fait, depuis trois ans, mais, tu n'as pas encore déjeuné, je suppose?

— Non.

— Eh bien, déjeunons ensemble. Je ne rentre pas chez moi étant obligé de prendre le train d'une heure à la gare de Lyon. Ça te va-t-il?

— Oui.

Les deux amis entrèrent dans un restaurant du boulevard.

. . . .

Charles Dubois et Paul de Rassenetz s'étaient connus fort jeunes, condisciples à Charlemagne.

De caractères et de goûts diamétralement opposés ils n'en étaient pas moins devenus très bons camarades et — bien qu'après leur sortie du lycée ils ne se fussent revus qu'à de rares intervalles — une certaine amitié avait toujours existé entre eux, surtout de la part de Charles, un brave cœur, franc comme l'or, indulgent et dévoué.

Mais comme ce dernier ne joue qu'un rôle épisodique dans le drame que nous racontons, nous allons le laisser pour nous occuper de Paul et revenir de quelques années en arrière.

Paul de Rassenetz était d'excellente famille, noblesse de robe, riche et considérée. Tout petit, il avait perdu sa mère, et son enfance n'avait pas eu ces caresses salutaires qui font s'épanouir les jeunes âmes et germer la bonne semence dans les cœurs d'enfants. Jusqu'à l'âge de dix-huit ans sa vie s'était partagée entre le lycée — où il avait détesté les professeurs et l'étude, étant paresseux et insoumis — et la maison paternelle où le grondait sans cesse un père à l'esprit étroit, inflexible, et qu'il craignait trop pour l'aimer. Obligé de plier toujours, de courber la tête sous les reproches incessants, quelquefois immérités, sans jamais une douce parole, un encouragement, un sourire, il était devenu sournois, vindicatif, méchant.

Aux semonces bi-hebdomadaires du jeudi et du dimanche, jours de congé, son père ne manquait jamais d'ajouter des dissertations à perte de vue sur l'Honneur, le Devoir, la Vertu. Il pontifiait dans le désert, et l'Honneur, le Devoir, la Vertu étaient restés choses incomprises et mots vides de sens pour Paul. La parole sèche et solennelle de M. de Rassenetz ne persuadant pas l'enfant qui haïssait d'instinct tout ce qu'il ne comprenait pas. La rhétorique reste impuis-

sante là où il faut des baisers de mère. Frémis-
sant sous le joug paternel, il rêvait l'indépendance
sans frein, sans limites ; réduit à la portion congrue pour ses menus plaisirs, il dépensait en
imagination la fortune qu'il aurait un jour. Il
avait l'intuition du Mal et devinait le Vice. Avant
d'avoir vécu il était perverti ; avant d'être pubère,
il était flétri.

Il avait vingt et un ans et faisait son Droit
quand M. de Rassenetz mourut, lui laissant un
million.

Le Droit fut aussitôt abandonné et la valse
des écus commença.

Pendant trois ans il se vautra dans la débauche avilissante, dans l'orgie crapuleuse, y
noyant les derniers scrupules de ce qui pouvait
lui rester d'honnêteté originelle. Il connut et fré-
quenta tout ce que Paris contient de fripons élé-
gants, tout ce que l'étranger y vomit de rasta-
quouères éhontés ; accueilli, fêté, adulé tant que
l'or ruissela de ses doigts. Et il jetait avec
frénésie dans les boudoirs vénaux et sur le tapis
vert des tripots, cet or qui lui avait été mesuré
avec parcimonie tant que le père avait vécu.

Mais tout a une fin et celle du million vint
rapidement.

Quand les derniers mille francs tintèrent lugu-
brement dans sa poche, il fallut bien se résoudre

à envisager la ruine complète et prochaine. L'idée
de travailler, de se créer une position quelconque ne se présenta même pas à son esprit. Et
puis, travailler, à quoi? La terrible passion du
jeu avait absorbé toutes ses facultés; il ne comprenait pas qu'on pût gagner de l'argent ailleurs
qu'au Cercle, autrement qu'au baccarat. Ses
meubles, ses bijoux furent successivement ven-
dus; le Minotaure insatiable dévora tout. Il
dégringola du cercle élégant au tripot borgne,
courant sus, avec ses pareils, décavés comme lui,
aux naïfs provinciaux, aux étrangers riches, raco-
lés par les filles. Il fut accueilli à bras ouverts
dans le salon, aussi hospitalier qu'interlope de
madame de Bellevue — Nini tout court pour les
intimes — où l'on *taillait* de dix heures du soir
à six heures du matin, avec des intermèdes de
roulette et de trente-et-quarante.

Madame de Bellevue — de son vrai nom
Eugénie Fouyot — avait quarante-cinq ans. Elle
avait su, pendant sa longue carrière de courtisane, amasser des rentes, étant fort âpre au gain,
fort économe et n'ayant jamais donné une minute de son existence aux caprices du cœur. Sa
devise était : L'homme, c'est de l'argent. Mise à
la retraite du bataillon de Cythère, par l'âge et un
embonpoint précocement exagéré, elle ne s'était
pas résolue à ne plus augmenter sa fortune labo-

rieusement acquise et avait transformé son boudoir inutile en salon de jeu. La cagnotte, perfectionnée par elle, lui avait triplé son capital en moins de trois années.

Mais voilà que tout à coup, son coffre-fort bondé, sa seule passion jusqu'alors, ne lui avait plus suffi. Ne s'était-elle pas avisée d'aimer! Son vieux cœur racorni, atrophié faute d'exercice, s'éveillait, surpris de battements inconnus. Comme ces roses de Jéricho, desséchées, flétries, incolores qui renaissent à la jeunesse, à la vie, quand sur elles tombe une goutte d'eau, ce cœur fané, qui n'avait jamais fleuri, avait eu des velléités d'épanouissement. La goutte d'eau qui produisait ce miracle tardif, c'était l'amour, et l'objet de cette passion sénile, Paul de Rassenetz.

Dès le premier soir qu'il était entré chez elle, amené par un ami, le coup de foudre s'était produit! Les habitués, les amis, la chère cagnotte même, tout avait été négligé. Elle n'avait plus d'yeux, plus de complaisances que pour le nouveau venu, lequel d'ailleurs, tout à la joie d'abattre *neuf* ou au mécontentement de tirer une *bûche* n'y fit pas la moindre attention sur le moment. Mais il lui fallut bien se rendre à l'évidence et constater la folle passion qu'il avait inspirée à la maîtresse du tripot, lorsqu'un soir, où il avait perdu son

dernier louis, celle dont l'avarice était prover-
biale et qui n'avait jamais prêté un sou aux victimes de son tapis vert, lui glissa dans la main
un rouleau d'or.

Paul ne s'étonna pas. Il avait bu toute honte
depuis longtemps et ne vivait plus que d'expédients. Il accepta, et les jours d'après aussi, le
crédit offert. Il devint l'amant de la Bellevue.

Pendant trois mois, il ne sortit guère de la
maison, dormant le jour, jouant la nuit, puisant
dans la caisse de la vieille affolée, qui ne put cependant le décider à se montrer avec elle dans
la rue ou au bois. Et ce refus finit par exaspérer
la digne matrone. Un beau jour, elle se répandit
en reproches amers. Paul prit son chapeau et fit
mine de s'en aller. Nini se jeta à ses pieds, implorant son pardon, sanglotant, et le retint sans
peine.

Elle comprit qu'au premier jour où la veine
lui sourirait, c'en était fait d'elle, il la quitterait.
Alors elle essaya de resserrer un peu les cordons
de la bourse. Ce fut au tour de Paul de se fâcher,
de lui reprocher sa lésinerie. Cyniquement il lui
fit comprendre que dans la communauté, c'est
lui qui apportait le plus et qu'au premier refus de subsides, il prendrait la clef des
champs.

La pauvre Nini dépérissait dans la lutte que se livraient en elle ses deux passions : l'amour et l'avarice. Elle constatait que la première avait toujours le dessus. Ce n'eût été rien encore, mais elle était bien forcée de s'avouer que cela finirait tôt ou tard par une catastrophe, une rupture, et elle sentait sa passion croître tous les jours. Elle crut avoir trouvé le moyen de s'attacher à jamais le jeune homme, et, une fois, après lui avoir complaisamment énuméré ses titres de rente et ses valeurs de premier ordre, après avoir fait miroiter à ses yeux un avenir de délices, elle lui offrit résolument de l'épouser.

Il ne parut pas étonné, demanda quelques jours pour réfléchir — et fit un appel de fonds immédiat, car il était à sec. Nini ouvrit sa caisse toute grande. Elle était radieuse, ayant craint un refus brutal.

Deux heures après, Paul sortait de la maison et n'y rentrait plus.

La Bellevue fit gémir en vain tous les échos de ses lamentations, elle fouilla les maisons mal famées, concurrentes de la sienne, interrogea, courut, se démena pendant quinze jours, sans obtenir le moindre renseignement sur l'infidèle disparu. A bout de forces et d'espoir, ayant pleuré toutes les larmes de ses yeux — ses premières larmes, car jamais rien n'avait eu raison de son insensibilité — elle parut se résigner et revint toute à sa cagnotte, qu'elle fit fonctionner avec rage pour s'étourdir et oublier.

Qu'était devenu Paul ?

En sortant de chez Nini, avec la ferme intention de n'y plus revenir, lesté des trois mille francs montant du dernier emprunt consenti par cette dernière, il s'était trouvé nez à nez sur le boulevard avec M. Donval, et la fatalité avait voulu que le brave homme reconnût dans Paul le fils d'un de ses anciens amis.

Le colonel et M. de Rassenetz père avaient été des amis intimes et se fréquentaient au temps où Paul était au lycée. M. et madame Donval s'étaient même parfois étonnés que depuis la mort du magistrat, son fils ne fût pas venu les voir.

Aussi le colonel, en rencontrant le jeune homme, manifesta-t-il une joie réelle et après quelques questions affectueuses sur sa position, ses espérances, l'engagea-t-il à venir le jour même diner chez lui où sa femme et sa fille qui ne l'avaient pas vu depuis quatre ans seraient très heureuses de l'accueillir.

Naturellement, aux questions de M. Donval sur ses occupations actuelles, Paul avait menti impudemment. Il était avocat, en passe de devenir célèbre, pourvu déjà d'une clientèle nombreuse et riche ! Quand il s'agissait de mentir, il ne restait jamais à court et savait improviser les événements utiles à sa cause.

En acceptant l'invitation du colonel, il avait obéi à un vague pressentiment qu'il y avait quelque dupe à faire, une mine nouvelle à exploiter. Le bonhomme était riche, il le savait.

Et puis, c'était nécessaire que, pendant quelques jours, il évitât les lieux de réunion où la Bellevue ne manquerait pas de le relancer. Il fallait occuper ce temps et quelque chose lui disait qu'il ne le perdrait pas tout à fait chez le vieil ami de son père.

Il fut reçu à bras ouverts par la bonne madame Donval.

Le repas fut charmant.

Paul n'eut pas de peine à séduire les braves gens, émerveillés de ce bagou parisien qui ressemble tant à de l'esprit, et quand il fut parti, après avoir promis de revenir bientôt, M. et madame Donval se répandirent en éloges sur le jeune homme.

— Il est très bien, — dit le colonel — très changé à son avantage, car Rassenetz me disait jadis être peu satisfait du caractère de son fils. Il est gai comme un pinson et malgré ça je parierais que c'est un homme très sérieux et qui arrivera. N'est-ce pas Marcelle ?

— Oui, papa.

— De plus, joli garçon, — ajouta madame Donval — spirituel, aimable, de bonnes manières. Il doit être la coqueluche des salons qu'il fréquente, n'est-ce pas, Marcelle ?

— Oui, maman.

La pauve Marcelle ne répondait que par monosyllabes approbatifs, n'osant pas dire qu'elle en pensait beaucoup plus de bien encore.

Paul avait fait une impression profonde sur elle et toute la nuit, dans sa petite chambre, sous les rideaux roses du lit virginal, elle évoqua la tête brune du beau visiteur et se remémora les mille riens qu'il lui avait dits, les regards rencontrés et détournés brusquement, le serrement de main de l'adieu qui la faisait encore tressaillir. Quand son père lui avait recommandé de ne pas être longtemps sans revenir les voir, Paul avait répondu : « Je n'aurai garde d'y manquer », et en disant cela c'est elle qu'il avait regardée et elle avait compris que cette bonne envie de revenir, c'était pour la revoir. Il l'aimait déjà ; ce devait être ça, l'amour, Elle sentait bien, puisque son cœur battait aussi fort, que, de son côté, il lui serait impossible de n'y plus penser.

Aussi restreinte, aussi expurgée que fût la bibliothèque où sa mère la laissait puiser, elle avait lu des livres où l'on parlait d'amour, où des jeunes gens s'étaient aimés comme ça, à première

vue et pour toute la vie. Et quand, à l'aube, ses
yeux se fermèrent, vaincus par le sommeil, ce
fut le nom de Paul qui expira sur ses lèvres mi-
closes.

Celui qui faisait battre ainsi ce cœur de vierge,
s'en était allé de chez les Donval, tout troublé
aussi. Quelque chose de nouveau l'envahissait ;
la figure de Marcelle était sans cesse présente à
ses yeux ; une douce voix chantait à son oreille
une mélodie inconnue. Il avait repris machinalement le chemin qui conduisait chez la Bellevue ;
soudain il s'arrêta, se souvenant, fit un geste de
dégoût et s'en alla demander une chambre dans
un hôtel où il passa la nuit.

Et lui aussi fut longtemps à s'endormir. Toujours sa pensée revenait à cette jeune fille qu'il
avait connue enfant insignifiante, quelques années auparavant et qui venait de lui apparaître tout
à l'heure, radieuse de grâce et de beauté. Il s'é-
tonnait de cette innocence, lui qui n'avait vu que
la dépravation féminine. Il avait la sensation
vague d'une autre existence, possible mais insoupçonnée jusque là, Pour la première fois, il
regarda en lui et se jugea presque sévèrement.
Il voulait chasser de sa pensée l'image obsédante
et s'enfonça dans des combinaisons de martin-
gales rendues possibles avec l'argent extorqué à
Nini, mais toujours il revenait au paisible tableau

de la rue de Turenne, au milieu familial où Marcelle rayonnait et, malgré le ricanement forcé dont il ponctua son interrogation, il finit par se demander avec une stupeur comique :

— Ah ça ! est-ce que je serais amoureux ?

Le matin, en sortant, son premier soin fut de louer une chambre meublée, car il était fermement résolu à ne plus retourner chez sa maîtresse. Qu'allait-il faire ? il ne le savait pas. Il attendrait quelques jours sans se montrer dans les endroits où il courait le risque de la rencontrer, puis après, il retournerait à l'ancien Cercle tenter la fortune au baccara.

Il erra toute la journée du côté de la Bastille avec la tentation d'aller chez les Donval, et il cherchait un prétexte pour expliquer cette visite si rapprochée. Il ne le trouva pas. C'était trop tôt ; il fallait attendre au lendemain.

Le soir, il se trouva près de Vincennes, sans savoir comment il y était venu. Et tout le temps il pensait à Marcelle. Il n'y avait pas à dire, il était amoureux, et cette idée le faisait rire, mais la raillerie expirait sur ses lèvres. Il se mit à bâtir un roman, dont la jeune fille et lui étaient les héros. S'il se faisait aimer d'elle, et ça ne lui serait pas difficile, il pourrait l'épouser. Pourquoi pas ? Le colonel était riche ; Marcelle, fille unique, c'était un excellent parti. Certes, le ma-

riage n'avait rien qui le séduisit, c'était l'abnégation de son indépendance, le renoncement aux
plaisirs faciles, aux parties folles, aux orgies cou-
tumières dont il avait le goût. Mais ne fallait-il
pas renoncer quand même à cette existence re-
grettée, puisqu'il n'avait plus rien que les trois
mille francs soutirés à la vieille, et si la déveine
n'était pas lassée, il pouvait les perdre dans une
heure de jeu. Et après ? C'était la misère ou la
nécessité de retourner chez Nini. Et il repoussait
cette dernière alternative avec indignation, non
qu'il fût accessible à des remords de sa honteuse
liaison, mais parce que le doux visage de Marcelle venait aussitôt se placer à côté de la face
poudrederizée et flétrie de la Bellevue.

Ce soir-là, il se coucha bourgeoisement à dix
heures et acheva de mettre au point son plan de
conduite vis-à-vis des Donval.

Quand il revint chez le colonel, on le reçut
avec des marques de joie sincère. Il avait fait la
conquête de tout le monde, et Rose elle-même,
séduite comme les autres, n'avait pas cessé, depuis la veille, de parler de ce jeune homme *si
comme il faut* à Marcelle, qui ne se lassait pas de
l'écouter.

On le retint à dîner.

Il s'était un peu fait prier, mais on voulait le
présenter à M. Dutilloy, un vieil ami de la maison,

et il céda, malgré — dit-il — qu'il eût fort à travailler ce soir-là : tout un dossier à éplucher d'une affaire à plaider au civil dans quelques jours.

Et quand Dutilloy fut arrivé, il entra rapidement dans ses bonnes grâces, ayant tout de suite deviné les manies du misanthrope pour rire. Il dauba sur le Progrès, l'ennemi perpétuel du bonhomme, avec tant d'esprit et de verve, que celui-ci, enchanté, disait, une heure plus tard, au colonel :

— Il est charmant. Dis donc, ça ferait un gentil mari pour Marcelle.

Et le colonel sourit, car cette idée lui était déjà venue ainsi qu'à madame Donval. Quant à Marcelle il lui sembla qu'elle aimait Paul depuis longtemps déjà, et elle s'abandonna avec lui dans des causeries délicieuses au coin du feu, pendant que les vieux firent leur whist à trois.

Bientôt, Paul vint tous les soirs chez le colonel, où personne ne doutait plus de son amour pour Marcelle — celle-ci moins que les autres. Les Donval s'attendaient de jour en jour à ce que le jeune homme fît sa demande, et ils avaient déjà chargé Dutilloy de prendre quelques informations sur lui. C'était pour la forme seulement, pour en avoir la conscience nette, car tous étaient bien persuadés qu'il disait la pure vérité en

racontant sa vie rangée et studieuse et en rappe-
lant à tout propos, avec émotion, que son bon
père lui avait heureusement laissé une situation
indépendante.

Dutilloy se contenta d'aller aux renseignements
auprès de la concierge de la maison, boulevard
du Temple, où Paul avait loué pour trois mois
un petit appartement meublé, très coquet, très
confortable. La concierge, stylée par le jeune
homme, grassement payée, et croyant d'ailleurs
à ce qu'elle disait, donna les meilleurs renseignements sur la conduite de son locataire, un
homme gentil au possible, poli, rangé comme une
jeune fille et riche à coup sûr, ça se voyait.

Dutilloy remit à plus tard les informations à
prendre au Palais. Il serait temps de le faire
lorsque Paul se serait déclaré, ce qui ne pouvait
tarder.

Mais Paul était fort perplexe.

Amoureux de la jeune fille et plus amoureux
encore de la dot — il avait entendu parler vague-
ment de deux cent mille francs — il ne demandait pas mieux que d'épouser. Il se savait aimé
follement de Marcelle, et de ce côté il était certain qu'aucun obstacle ne surgirait, mais le colonel s'enquerrait de lui au Palais, et le soi-disant
avocat y était totalement inconnu. Il ne serait pas
difficile d'apprendre qu'il était ruiné et jouissait

d'une réputation détestable ailleurs que chez la concierge du boulevard du Temple. Tout serait rompu; la porte de la maison se fermerait devant lui.

Il fallait qu'on ne pût lui refuser Marcelle, que le mariage devînt forcé. Le plan du gredin fut bientôt arrêté.

Il obtint de Marcelle, inconsciente, qu'elle vînt chez lui, un jour, et la grisant de serments éperdus, l'affolant de protestations d'un amour sans bornes, il devint son amant. Marcelle ne lui fit même pas de reproches, elle avait tant foi en lui !

Il lui jurait qu'avant peu il la demanderait à ses parents. Et elle revint aux rendez-vous, naïvement, confiante, adorant son séducteur. Tous les deux jours elle avait coutume d'aller chez une vieille parente, infirme, habitant place de la République, tantôt accompagnée de Rose, tantôt seule. Elle s'y prit assez habilement — avec cet esprit inventif que l'amour donne aux filles — pour trouver des prétextes à faire rester la bonne à la maison et, sur la visite à la cousine, consacra chaque fois une heure à Paul.

Il y avait un mois que celui-ci était devenu le familier des Donval, que Marcelle l'aimait et qu'il croyait l'aimer, et quinze jours s'étaient envolés, rapides, depuis l'heure où elle s'était donnée.

Le colonel, sa femme et Dutilloy, commençaient à s'étonner du silence de Paul, et Dutilloy avait même proposé d'aller au-devant de la demande attendue en faisant comprendre au jeune homme que la bienséance, les convenances, demandaient qu'il s'expliquât. Ses assiduités dans la maison n'avaient rien qui désobligeât ses vieux amis, au contraire, mais pour le monde, il était nécessaire que la situation fût établie au grand jour.

Paul n'attendit pas la visite du bonhomme. Il savait bien que l'explication était fatale, mais que tout était perdu si, dès à présent, on allait aux informations. Il ignorait encore que son infâme plan eût réussi et il voulait, avant tout, gagner du temps.

Le soir, à l'heure habituelle où Rose ouvrait la porte au jeune homme, ce fut une lettre qui le remplaça et le colonel lut ceci :

« Mon cher monsieur Donval,

» Je suis obligé de partir subitement en Belgique, pour le règlement d'une affaire qui m'est d'une importance extrême. Je serai malheureusement forcé de rester tout un mois, loin de vous,

loin par conséquent de tout ce qui m'est devenu
cher au cœur. Veuillez m'excuser de n'avoir pu
aller vous serrer la main. Plaignez-moi plutôt,
car je vais être bien triste, bien isolé. Aussi
quelle joie à mon retour ! d'autant plus que j'aurai alors de graves, de très graves confidences à
vous faire.

» Mes amitiés profondes à madame Donval, et
à mademoiselle Marcelle, et à vous, — ainsi qu'à
M. Dutilloy — une bonne poignée de main.

» Paul de RASSENETZ. »

Marcelle était devenue toute pâle.

— Parti ! — s'écria Dutilloy. — Il aurait bien
pu venir jusqu'ici faire ses adieux ; ce n'est pas
si loin...

— Il n'a pas pu ; — répondit la bonne madame
Donval — c'était probablement très pressé... les
trains n'attendent pas. Il est trop gentil, trop
bien élevé pour avoir manqué, de gaîté de cœur,
à la politesse et au savoir-vivre.

— Et puis — ajouta le colonel, les yeux sur la
lettre de Paul — entendez-vous ce qu'il dit:
« loin de vous... de tout ce qui m'est cher... je
vais être bien triste, bien isolé... » Ah! il nous
aime fort ! et ceci: « J'aurai alors de graves, de

très graves confidences à vous faire... » Hein ?...
que dis-tu de ça, Marcelle ?

Et le bon père cligna malicieusement de l'œil
en regardant sa fille dont les joues reprenaient
lentement leurs couleurs.

Elle sourit, un peu tristement, sans répondre.

Pourquoi était-il parti sans venir lui dire
encore : Je t'aime !... N'aurait-ce été qu'une minute ? Elle avait confiance : il l'aimait tant. Mais
son cœur souffrait, une angoisse cruelle venait
de l'étreindre ; il lui semblait que quelque chose
s'était détaché d'elle... comme un peu de sa foi
dans l'avenir.

Paul avait tout bonnement dit la même fable à
sa concierge et après avoir crié bien haut au
cocher : Gare du Nord ! il s'était ravisé en chemin et s'était fait conduire dans le premier hôtel
venu, rue d'Amsterdam.

Il avait l'intention de rester coi pendant un
mois avant de revenir chez les Donval. Il espérait
bien que la faute de Marcelle aurait des suites ;
alors, il pourrait avouer impunément sa position
de fortune. Il mettrait son crime sur le compte
de l'affolement de leur tendresse commune, il
expliquerait ses mensonges sur sa position par
la peur d'être repoussé de celle qu'il adorait
comme un insensé. Et puis il trouverait quelque

autre cause de ruine subite à donner à ces naïfs bourgeois.

On ne pourrait pas la lui refuser. Il avouerait plutôt ses relations avec Marcelle au cas où le déshonneur de l'innocente ne fût pas prouvé.

Ce soir-là, il retourna au cercle qu'il fréquentait au temps de sa splendeur. Comme il n'y avait pas été affiché et qu'il revenait en faisant tinter des louis dans sa poche, on l'accueillit avec des marques de camaraderie presque sincères. La veine lui sourit ; il gagna cinq mille francs.

Il apprit par un ami que la Bellevue, toujours inconsolable, le croyait hors de France et n'avait pas persévéré dans ses recherches. Rassuré de ce côté, il ne négligea pas de jouer son rôle vis-à-vis du colonel.

S'il avait désigné la Belgique, comme le lieu de son exil momentané, c'est qu'il avait dans ce pays, un ancien camarade de plaisirs, maintenant rangé, établi, et qu'il savait pouvoir compter sur lui pour ce qu'il avait imaginé. Tous les trois jours, il envoyait sous enveloppe à son ami une lettre adressée au colonel Donval. Elle était mise à la poste à Bruxelles. Les lettres des Donval — et ils répondaient à toutes les siennes — lui étaient renvoyées de Bruxelles par le complaisant intermédiaire.

Il écrivait à Marcelle, poste restante, boulevard

12

des Filles du Calvaire comme le lui avait demandé la jeune fille qui ne passait pas un jour
sans lui donner des preuves de son amour.
C'étaient des protestations touchantes, des ar-
deurs naïves, des projets tissés d'or et de soie
pour l'avenir, des riens adorables qui eussent
touché un cœur de pierre. Et Paul s'attendrissait
parfois, les jours où le baccarat l'avait malmené.
La déveine avait pour effet de surexciter l'amour
qu'il croyait avoir pour Marcelle, mais dès que
la chance lui souriait, que l'or réintégrait ses
poches, il se prenait à regretter d'avoir ébauché
l'*affaire* des Donval et compromis son indépendance.

Il y avait trois semaines que ce manège épis-
tolaire durait lorsqu'il reçut une lettre désolée,
pleine d'angoisses vagues où Marcelle le suppliait de revenir, ne fût-ce qu'un jour ; qu'elle
avait absolument besoin de le voir.

Paul, à la lecture de cette lettre éplorée qui ne
précisait rien des choses graves, affreuses, inatten-
dues dont elle parlait, Paul eut un sourire infernal. Il était fixé sur la nature du désespoir de
Marcelle.

Il lui répondit que, malgré les occupations
l'obligeant à rester encore quinze jours là-bas, il
irait à Paris pour quelques heures, mais inco-
gnito, afin de ne pas perdre un instant. Il l'atten-

drait dans le petit appartement du boulevard du
Temple, le lendemain, à trois heures.

Et le lendemain à trois heures, Marcelle en
sanglotant faisait à Paul la triste révélation de
son état. L'avant-veille, se trouvant seule avec
Rose, elle avait été prise d'un étourdissement
suivi de nausées. Rose, plus expérimentée qu'elle,
avait tout de suite eu des soupçons et à force de
questionner, d'interroger affectueusement, elle
avait fini par obtenir de sa jeune maîtresse l'aveu
de ses relations avec Paul. Heureusement que le
colonel et madame Donval n'étaient pas là lorsque
la syncope s'était produite, elle n'aurait pas eu la
force de leur cacher la vérité. D'ailleurs, l'innocente n'y voyait pas grand mal, puisque Paul
allait l'épouser. Mais Rose, moins confiante, avait
montré un tel désespoir de ce qui arrivait que
Marcelle s'était affolée, elle aussi, et avait écrit
à Paul la lettre pressante qui le faisait accourir
à Paris.

Après mille protestations d'amour, Paul lui
jura qu'il reviendrait dans huit jours et demanderait sa main, aussitôt arrivé. Il ne lui cacha pas
être fort anxieux en ce moment, sa fortune étant
compromise dans une affaire dont la solution était
proche. Mais, Marcelle, ignorante des choses
d'argent attacha peu d'importance à cela. Pourvu
qu'il revînt tout de suite l'épouser, avant que les

suites de sa faiblesse fussent connues de ses
parents, c'est tout ce qu'elle demandait.

Paul, le lendemain matin, écrivait au colonel
une longue lettre — toujours datée de Bruxelles
— où, tristement, il lui faisait comprendre les
motifs de son voyage en Belgique. Il avait confié
à un de ses amis — disait-il — une forte somme,
toute sa fortune, pour le sortir d'embarras. Cet
ami était agioteur et menacé d'une ruine complète
s'il ne payait pas ses différences à la Bourse. Or
Paul, ayant été averti que l'argent prêté était
compromis, s'était empressé d'accourir pour
tâcher de le ravoir. Peines perdues !... Après des
démarches sans nombre, il avait maintenant la
conviction de ne jamais être remboursé, car l'ami
infidèle venait de partir, on ne savait où, en Amérique probablement. Et Paul se disait le plus
malheureux des hommes. Ruiné, ça lui eût été
presque égal, trois mois auparavant, mais aujour-
d'hui qu'il avait fait le doux rêve d'avoir Marcelle pour femme il était au désespoir, car il
n'avait plus rien, lui, et Marcelle était riche. Enfin
toute une série de mensonges adroitement conçus
dont il attendait l'effet.

Nul doute qu'on lui répondrait que le bonheur
de Marcelle passant avant tout on l'acceptait
pauvre comme on l'avait accueilli riche. Et puis,
se disait le misérable, si les parents ne veulent

plus du gendre sans le sou, ils seront bien forcés d'accepter le père de l'enfant.

Quand le colonel reçut cette lettre, il éprouva un vif chagrin, ainsi que madame Donval. D'un commun accord ils résolurent de cacher la mauvaise nouvelle à leur fille et d'attendre pour répondre à Paul, l'arrivée de Dutilloy, absent de Paris pour trois ou quatre jours. On ne faisait rien sans consulter l'excellent misanthrope.

Paul de Rassenetz fut malheureux ce soir-là, au Cercle. Il perdit dans la soirée tous les bénéfices des jours précédents. Le lendemain la guigne persévéra; presque tout son avoir fut ramassé par la palette du croupier.

Et la réponse du colonel n'arrivait pas. Certes, il n'y avait guère de temps perdu mais ça l'inquiétait tout de même un peu, d'autant plus qu'une lettre de Marcelle, reçue le matin, lui disait que M. Donval était soucieux, préoccupé, et ceci prouvait que la jeune fille ignorait le contenu de la lettre écrite à son père.

Le quatrième soir, après une heure de lutte au tapis vert, Paul vit disparaître son dernier louis. Il avait reconquis un certain crédit au Cercle, il emprunta, il voulait se rattraper. A six heures du matin, il devait dix mille francs remboursables dans les vingt-quatre heures.

Et toujours pas de lettre du colonel. Maintenant, c'était sûr qu'il ne répondrait pas; il refusait le gendre ruiné, parbleu! Eh bien, on lui ferait voir que les précautions étaient fort bien prises et, bon gré mal gré, il donnerait la dot.

Oui, mais en attendant, il fallait payer les dix mille francs au Cercle, sous peine d'expulsion; et puis, comment vivre? Il n'avait plus un sou vaillant. Le mariage décidé, il trouverait facilement à emprunter, mais ce mariage était loin d'être décidé; le silence du colonel démontrait assez qu'il faudrait casser les vitres et en arriver au scandale pour obtenir son consentement. Tout cela prendrait du temps, et il fallait de l'argent tout de suite.

Il se faisait toutes ces réflexions, en arpentant vers midi, la rue d'Amsterdam qu'il montait et descendait plusieurs fois sans avoir conscience de ses actes, quand, au coin de la rue de Londres, il se trouva nez à nez avec la Bellevue, qui tomba aussitôt dans ses bras, pâmée de joie, oubliant sa fureur, ses rancunes, à la vue de l'amant toujours adoré.

Trois jours avant, Paul l'aurait repoussée avec horreur, mais la poche était à sec, il fallait la remplir à tout prix et avec la facilité d'improvisation qu'il avait pour les mensonges, il s'excusa de sa disparition en la mettant sur le compte d'un

remords de sa conscience alarmée, qui lui avait
enjoint de ne plus abuser de l'hospitalité de celle
pour laquelle il sentait bien que son cœur était
toujours épris.

La Bellevue, dont cet aveu inespéré exaspérait la passion, ramena le jeune homme chez
elle, et là, avec une éloquence tour à tour attendrie, folle, persuasive, elle lui renouvela ses
propositions de mariage. Elle comprenait que
Paul hésitât, ici, à Paris, mais ils s'en iraient
bien loin, bien loin, où il voudrait ; ils vivraient
heureux, jouissant de tout ; car elle était riche,
plus riche encore qu'elle ne l'avait avoué l'autre
fois. Et pendant qu'elle parlait, Paul voyait devant
ses yeux les richesses de la vieille courtisane.
Elle parlait d'un million ! Un million ! De quoi
faire sauter toutes les banques, toutes les roulettes du monde ! Avec Marcelle, il serait toujours réduit à la portion congrue, car le colonel
veillerait sur la fortune de sa fille, et encore, qui
sait ? consentirait-il à ce mariage, même avec la
carte forcée du déshonneur de Marcelle ? Il était
capable de tout rompre au contraire, en l'apprenant. Tandis qu'avec Nini, Paul aurait l'argent
à sa disposition ; il obtiendrait tout, grâce à la
passion insensée qu'il avait su faire naître. Avec
les moyens énormes dont il disposait, il gagne-
rait sûrement des sommes folles au jeu ; alors il

planterait là cette toquée et reprendrait sa liberté quand ça lui ferait plaisir.

Vingt-quatre heures après, Paul et Nini Bellevue prenaient le train rapide de Calais pour se rendre en Angleterre et de là, en Amérique. Toute la fortune de la Bellevue était en valeurs au porteur ? elle l'emportait avec elle, ne laissant que ses meubles, ses bibelots, son matériel de jeu à un ami qui achetait le tout, moyennant dix mille francs, le quart de ce que ça valait. L'affaire avait été bâclée en une heure. L'amour avait vaincu l'avarice. La grosse Nini aurait plutôt tout abandonné et mis la clé tout bonnement sous la porte plutôt que de retarder d'une minute l'enlèvement de son futur.

Paul avait seulement exigé que les dix mille francs dûs au Cercle y fussent remis avant son départ. On ne savait pas ce qui pouvait arriver, il fallait se garder toutes les portes ouvertes.

Et il avait écrit la lettre suivante à Marcelle, pendant une courte absence de Nini.

« Ma chère Marcelle,

» Pardonnez-moi. Je pars loin de France pour n'y plus jamais revenir. Je suis ruiné, comme je l'ai écrit à votre père il y a quelques jours. J'attendais de lui une réponse; j'espérais qu'il ne verrait que votre bonheur et ne s'arrêterait pas à de mesquines considérations de fortune. Son silence prouve que je me suis trompé. Je ne veux plus me présenter devant lui, affronter un refus certain et offensant. Oubliez-moi. La fatalité a tout fait. Avouez votre situation à vos parents, c'est le parti le plus sage; ils vous pardonneront, ils vous aiment tant.

» Votre désolé,

» PAUL. »

Pendant que le misérable rédigeait cette lettre, où l'ironie perçait sous les accusations à la fatalité, le colonel et madame Donval, — sur le conseil de Dutilloy — lui écrivaient que le bonheur de leur fille passant avant tout, ils l'attendaient les bras ouverts pour le consoler et accueillir sa demande en mariage.

Paul épousa Nini, aussitôt en Angleterre. Il avait bien encore résisté un peu, mais la quinquagénaire, toute énamourée qu'elle fût, tenait bon et ne voulait ouvrir le coffret aux valeurs qu'après la cérémonie. Celle-ci fut rapidement

faîte, grâce aux coutumes anglaises si com-
modes pour les gens pressés de river une
chaîne dont la solidité n'est pas garantie absolument hors du Royaume.

De là ils allèrent aux États-Unis où l'enfer
commença pour la pauvre femme.

Paul passa de nouveau ses jours et ses nuits
dans les cercles de New-York, faisant danser les
écus de Nini — qu'il laissait à la maison, humi-
liée, déçue de tout ce qu'elle avait rêvé, pleurant
sans fin ses illusions vite envolées, mais toujours
éprise, toujours esclave de sa passion. Plus elle
voyait clair dans son triste avenir, plus elle comprenait à quel être infâme elle s'était liée, plus aussi
elle sentait sa folie irrémédiable. Elle l'aimait et
pour une caresse dont il lui faisait parfois la
charité, elle donnait sans compter. Elle protesta,
au commencement, contre la vie impossible qu'il
lui imposait, il la rudoya ; bientôt il la battit. Et
elle se résigna, préférant les coups et la ruine,
facile à prévoir, à l'indifférence absolue du gredin.

Pendant près de trois ans, de New-York à
Chicago, de la Nouvelle-Orléans à Mexico, il la
traîna de ville en ville, courant les bouges,
gagnant quelquefois, perdant le plus souvent, et
laissant à chaque honteuse étape une partie du
million de la Bellevue.

En même temps que la dernière once d'or suivait le râteau du croupier dans une maison de jeu de La Vera-Cruz, Nini Bellevue épuisée, vaincue, abreuvée d'outrages, râlant sa misère morale, rendait le dernier soupir dans une auberge, à dix pas du tripot où Paul, l'œil hagard, la tête en feu, voyait disparaître le dernier vestige de la fortune honteusement acquise trois ans auparavant.

Il vendit les quelques bijoux conservés par sa femme et s'embarqua par le premier paquebot allant à Saint-Nazaire.

Il allait à Paris. Paris étant non seulement le rendez-vous universel des fripons, mais aussi celui des dupes, il n'y a que là qu'on puisse se refaire.

Deux jours après son arrivée, il rencontrait son ancien ami Dubois, et nous les avons montrés au début de ce chapitre entrant pour déjeuner dans un restaurant du boulevard.

. . . .

Inutile de vous dire que Paul de Rassenetz n'avait pas raconté un mot de tout cela à son ami. Il avait brodé une série d'aventures romanesques où il jouait un rôle sympathique. La seule vraie chose qu'il avouât, c'était sa détresse pécuniaire produite par une guigne noire qui s'était attachée à toutes ses entreprises. Il avait rapidement jugé le bon et honnête Charles Dubois, et se disait qu'il n'y avait pas besoin d'aller plus loin pour trouver la première occasion de duper quelqu'un.

Il commençait déjà l'exposition d'une affaire magnifique qu'il avait en vue et pour laquelle il ne manquait que quelques fonds, quand Charles Dubois l'interrompit, après avoir jeté un coup d'œil sur la pendule du restaurant.

— Oh!... déjà midi et demi!... je n'ai que le temps de filer. Garçon, l'addition?

— Je t'assure que c'est une affaire superbe, et si tu veux me donner encore dix minutes...

— Impossible... demain, si tu veux.

— Je le regrette, car...

— Mais... attends donc... Tu n'as rien à faire, cette après-midi?

— Non.

— Accompagne moi.

— Où?

— Je vais à Mennecy. J'ai un rendez-vous avec M. Robert Daniel, riche industriel, qui veut me vendre un grand terrain planté d'arbres, où j'ai l'intention de me faire bâtir une petite maison de campagne pour y mettre mes enfants, l'été. Tu ne nous gêneras pas, viens-tu?

— Je veux bien.

— Allons.

Vingt minutes après, les deux amis étaient à la gare de Lyon.

VI

FATALITÉ !

Dutilloy était en train d'interroger Rose qui, debout devant lui, gesticulait avec énergie, se défendant d'avoir trahi la confiance du colonel en se prêtant à ce qu'avaient voulu Robert et Marcelle.

La scène se passait dans la chambre mise à la disposition de Dutilloy.

— J'aurais bien voulu vous y voir, vous ! — s'écriait Rose en se campant les poings sur les hanches. — Vous n'auriez pas plus résisté que moi.

— Allons donc ! Je suis de fer, moi, pour les choses du sentiment. J'aurais dit : Le colonel

m'envoie pour être témoin de ce mariage, il faut
que ce mariage se fasse ou je lui écris que vous
violez votre parole.

— Vous auriez dit ça, vous?

— Oui, moi!

— Ouiche ! Vous auriez fait comme moi. Vous
auriez pleuré avec mademoiselle...

— J'aurais pleuré ?... tu m'as déjà vu pleurer,
toi ?

— Je vous crois. Il n'y a qu'à vous raconter
une histoire triste, même pas vraie, un fait divers de journal pour que vous ayez tout de suite
les yeux rouges.

— Ce n'est pas vrai. J'ai les paupières sensibles
voilà tout, et quand le soleil me tape dans les
yeux, j'ai l'air de pleurer. Tu ne sais pas ce que
tu dis. Je te répète que tu n'as pas fait ton devoir
et à ta place, je ne serai pas tranquille, quand
ton ancien maître va arriver.

— Il ne me mangera pas, après tout.

Mais Rose baissa subitement le ton. L'idée du
colonel furieux ne la laissait pas indifférente,
quoiqu'elle affectât de l'être.

Elle reprit :

— Puisque vous me dites que M. Robert va
réparer tout, en épousant cette fois-ci pour de
bon, où est le mal? Au contraire, maintenant
qu'ils se connaissent, qu'ils s'adorent, ça va mar-

cher comme sur des roulettes. Ah ! il y a longtemps que je le voyais, cet amour-là ; c'était
même amusant. Figurez-vous, monsieur Dutilloy,
qu'ils rougissaient comme des promis quand leurs
doigts se touchaient à table en se passant les
plats. Moi, il n'y a qu'une chose que je ne comprends pas, c'est que, s'adorant comme ça, ils
ne tombaient pas dans les bras l'un de l'autre.

— Alors, c'est vrai qu'ils s'aiment bien ?

— Comme des fous !

— Et le père de M. Robert ne soupçonne rien.
Il les croit mariés.

— Comme tout le monde. Ah ! si le pauvre
homme savait ça, il aurait bien du chagrin.

— Pourquoi ?

— Pourquoi ? A cause de la petite Jeanne, qu'il
adore. Dieu de Dieu ! s'il apprenait qu'elle n'est
pas la fille de son fils.

— Il ne le saura pas. M. Robert m'a dit hier
qu'il ne lui révélerait jamais le secret de la naissance de cet enfant et comme le père Daniel restera pour garder l'usine pendant le voyage dans
le midi, il ne connaîtra jamais la vérité qui lui ferait tant de mal.

— Il est si bon, M. Robert.

— Oui, il me plaît…. autant que quelqu'un
puisse me plaire ; je l'ai jugé tout de suite, à
première vue et j'ai le malheur de connaître

assez toute notre humanité pourrie pour ne jamais me tromper dans mon jugement sur quelqu'un.

— Hum !

— Tu dis ?

— Rien... je fais : hum ! — ajouta Rose avec un sourire narquois.

— Eh bien, que veut dire ton : hum ! Aurais-tu le toupet de douter de ce que je dis ?

— Dame ! pour un connaisseur, vous vous êtes rudement trompé, dans le temps, sur le compte de ce Paul de malheur !

— Tais-toi ! riposta violemment Dutilloy. — Tais-toi ! Tu rouvres là mon remords toujours saignant. Oui, je me suis trompé, je l'avoue, et c'est moi qui suis la cause de tout ce qui est arrivé.

— Vous ?

— Oui, moi. Si j'avais pris — comme je devais le faire, puisque je m'en étais chargé — tous les renseignements sur ce gredin, alors qu'il commençait à faire sa cour à Marcelle, j'aurais su quel personnage il était, et la porte lui eût été immédiatement fermée au nez. Mais non, comme un imbécile, j'ai attendu, j'ai lanterné, croyant de bonne foi toutes les balivernes que me contait cet effronté menteur. Je me suis conduit en malhonnête homme et en mauvais ami, je te dis !

Et Dutilloy se cognait la tête avec le poing en grinçant des dents.

— Là !... là !... Ne vous mettez pas tant en colère. Après tout, c'est le cas de dire : « A quelque chose malheur est bon, » puisque mademoiselle a eu le bonheur de trouver sur sa route un homme comme Monsieur, dont elle va être la femme heureuse. Et vous savez, il n'y en a pas beaucoup des hommes comme celui-là !

— Tu l'aimes aussi, toi ?

— Pour sûr. Jamais un mot plus haut que l'autre ; toujours poli, toujours content ; mais il n'y a pas un de ses ouvriers qui ne donnerait sa peau avec plaisir, si seulement il avait l'air d'en avoir envie.

— Tant mieux ! Tant mieux !

— Vous dites ça comme si vous disiez : Tant pis ! Tant pis !

— C'est qu'il y a toujours l'arrivée du colonel qui me turlupine. Que va-t-il se passer, bon Dieu ?

— Il ne peut pas se fâcher, voyons !

— Tu crois ça, toi ? Tu le connais pourtant bien. Il va commencer par crier, par casser les vitres. Une parole d'honneur violée ! pour lui c'est l'abomination des abominations. Je crains même qu'il ne veuille pas entendre les explications de Robert Daniel ni celles de sa fille, et qu'il ne tourne les talons aussitôt le terrible secret connu.

— J'en ai peur aussi — murmura Rose.

— Heureusement qu'il n'arrive que demain. Je vais prier M. Robert de ne pas aller à sa rencontre — il prétextera une maladie — et alors je pourrai le préparer tout doucement à la réalité.

— C'est ça... c'est une bonne idée.

— Je trouverai bien un moment pour tout avouer à madame Donval, qui ne dira rien, elle, la bonne mère, et c'est bien le diable si, avec son aide, je n'arrive pas à faire entendre raison à Donval.

Dutilloy et Rose se regardèrent, silencieux, pendant une minute.

Leurs fronts plissés témoignaient de la crainte épouvantable qu'ils conservaient — malgré le projet habile de Dutilloy — de ne pas savoir convaincre le terrible colonel.

Ils étaient si préoccupés qu'ils n'entendirent pas résonner la sonnette de la grille.

S'ils avaient pu voir les nouveaux arrivants, leur inquiétude se fut changée en effroi et en stupéfaction douloureuse : Paul de Rassenetz et M. Charles Dubois franchissaient en ce moment la porte d'entrée du château.

Un domestique les pria d'attendre dans le salon et courut prévenir son maître.

Charles Dubois se mit à feuilleter un album de photographies placé sur un guéridon, pendant que Paul, à la fenêtre, contemplait le gracieux panorama qu'offraient les collines boisées d'en face. Puis son regard explora le parc et l'aile droite de l'habitation des Daniel.

Soudain il poussa un cri étouffé et, courant à son ami, il le saisit par le bras et l'entraîna de force vers la croisée.

— Qu'est-ce qu'il te prend ?

— Viens !... regarde... là-bas... cette femme...

— Eh bien ?

— Tu la connais ?... Qui est-ce ?

— Mais j'ai eu le plaisir de lui être présenté, l'autre jour. C'est madame Daniel, ou plutôt madame Robert, comme on l'appelle ici.

— Elle est mariée ?

— A M. Robert Daniel. Mais, qu'as-tu ? Tu es tout agité ?

— Rien. Réponds-moi, il y a longtemps qu'ils sont mariés ?

— Ah ! mon cher, tu m'en demandes trop. Quelques années probablement, si j'en juge par l'âge de leur enfant.

— De leur enfant ? et quel âge a cet enfant ?...

— Deux ans et demi environ.

— C'est ça !

— Quoi, ça ?

— Rien. Écoute, Charles, fais-moi le plaisir, quand ce monsieur Robert Daniel va venir, de ne pas me présenter à lui sous mon vrai nom.

— Pourquoi ?

— Je t'expliquerai plus tard. J'ai... fait la cour à cette jeune femme avant son mariage, tu comprends...

— Et tu crains la jalousie rétrospective du mari ?

— Oui.

— Il ne te connaît pas, alors ?

— Je ne pense pas.

— Comment vais-je te présenter ?

— Dis que je suis... Paul Dubois, ton cousin.

— Soit. J'y consens, pour une fois ; ça ne tire pas à conséquence puisque tu ne dois probablement jamais revenir ici.

— Naturellement — répondit Paul avec un sourire qui prouvait qu'une idée mauvaise germait déjà dans son cerveau.

Robert Daniel entrait.

— Mille pardons de vous avoir fait attendre, cher monsieur, j'étais à l'usine.

— Vous êtes tout excusé. Permettez-moi de vous présenter un de mes cousins, Paul Dubois, que j'ai rencontré sur ma route tout à l'heure et qui a bien voulu m'accompagner jusque chez vous.

Les deux hommes s'inclinèrent, silencieux.

— Je suis à vos ordres — fit Robert Daniel — quand vous voudrez visiter le terrain en question. C'est au bout du parc, il y a dix minutes de chemin à peine.

— Allons !

Tous trois se dirigèrent vers l'endroit indiqué, Robert Daniel et Charles Dubois marchaient de front les premiers, causant de l'affaire à traiter.

Paul les suivait en proie à un travail cérébral intense. Non que la vue de Marcelle réveillât en lui cette lueur d'amour qui avait brillé, éphémère, pendant quelques jours, mais parce qu'il la revoyait plus belle que jadis, qu'elle était maintenant la femme d'un homme riche, que l'enfant, le sien, vivait et qu'il y a des secrets qui se payent bien cher dans un certain monde.

Maintenant, était-ce un secret ? Le mari avait-il tout accepté en connaissance de cause ? Voilà ce qu'il fallait savoir et il le saurait.

Ce brave Charles ! Il avait eu tout de même une fière idée en l'amenant ici.

Seulement, il fallait voir Marcelle. Mais comment ? Lui écrire, lui donner un rendez-vous, elle n'y viendrait pas, et d'ailleurs, si le mari savait tout, c'était inutile. Et puis une lettre, ça reste et la loi appelle ça du chantage.

Si le hasard la lui faisait rencontrer, ça vaudrait mieux. Après tout, elle devait bien sortir quelquefois seule... il la guetterait dans les environs du château... autant de jours qu'il le faudrait.

La proie valait la peine qu'on perdît du temps à l'affût !

Et le hasard se faisait en ce moment le complice du gredin. Marcelle descendait au parc et s'en allait vers l'endroit où un domestique lui disait avoir vu se diriger son mari, en compagnie de deux messieurs.

Elle marchait lentement, souriant à une pensée joyeuse qui illuminait ses yeux.

Elle cueillit une rose, la porta à ses lèvres en murmurant un nom, et, triomphant, son regard semblait dire à la fleur vermeille : Comme toi mon cœur est épanoui ; l'amour est mon soleil. Peu nous importe si notre épanouissement ne doit durer que l'espace d'un matin, puisqu'on peut vivre tout son bonheur dans cette matinée radieuse.

Arrivée à un bouquet d'arbres, à l'extrémité du parc, elle aperçut à cinquante mètres devant elle, Robert et un des visiteurs qui lui faisaient face, mais ne pouvaient la voir, cachée qu'elle était par le massif feuillu. Ils discutaient les conditions de vente du terrain, à haute voix, pendant que le troisième personnage tournait le dos, indifférent à leur conversation, et paraissait abîmé dans l'étude de l'horizon lointain.

Marcelle allait franchir le fourré et s'avancer vers les trois hommes. Déjà sa main écartait les branches basses pour s'ouvrir un passage quand, à ce moment, l'inconnu se tourna vers ses deux compagnons.

La jeune femme sentit tout son sang affluer au cœur. Elle devint pâle comme une morte; ses jambes vacillèrent, elle n'eut que le temps de s'appuyer à un arbre pour ne pas tomber. Pendant une minute, ses yeux démesurément ouverts, hagards, fascinés, ne purent quitter l'objet de leur épouvante. Le cri qu'elle allait pousser s'était éteint dans sa gorge convulsée, tout son corps tremblait comme une feuille au vent. Puis, soudain, elle laissa retomber le rideau de feuillage et courut à travers les taillis, les buissons, déchirant sa robe et ses mains aux épines, jusqu'au petit pavillon à l'autre bout du parc, près du mur d'enceinte. Elle tomba à genoux devant un banc, la figure dans les mains, et éclata en sanglots.

— Lui !... ici !... Mais Robert va savoir qui il est... il le sait déjà... Mais non, puisqu'il l'a accueilli... puisqu'il lui parle sans colère... Lui !... que vient-il faire ?... Je suis perdue !... Ce passé que Robert avait pardonné... oublié... ce passé va se dresser devant lui à la vue de cet homme !... Au moment où nos lèvres allaient se réunir enfin, pour se dire : je t'aime ! comme nos cœurs se le disaient depuis longtemps... la fatalité les sépare ! Tout ce beau rêve dont je voyais la réalisation prochaine s'évanouit ! Oh ! la coupe et les lèvres ! mon Dieu ! protégez-moi !... vous savez combien je l'aime !... n'aurais-je donc pas racheté ma faute depuis trois ans ?... n'aurais-je pas droit encore à l'amour de l'homme loyal dont ce maudit va réveiller les souvenirs. Oh ! j'ai pourtant bien expié l'amour coupable d'autrefois ! Les larmes ne comptent donc pas ? Les larmes de ces nuits sans sommeil où dans l'ombre terrible de ma douleur je voyais peu à peu apparaître comme une aurore d'espérance qui dissipait mes ténèbres et rafraîchissait mon cœur... mon cœur où je sentais grandir un sentiment nouveau... doux, noble et pur... et je m'endormais dans l'avenir souriant de mon rêve. En ce moment... ils sont là-bas...

face à face... l'un, ma honte... l'autre, mon cœur.
A leur choc fatal, c'est mon cœur qui va se briser ! c'est aujourd'hui, seulement l'expiation... je
le sens... car je n'ai jamais autant souffert... Oh !
malheureuse que je suis !

Et la pauvre jeune femme tordait ses mains
jointes, s'abandonnant à l'immense douleur qui
la brisait.

— Marcelle !

Au son de cette voix, autrefois chérie, maintenant exécrée, elle bondit comme au sifflement
d'un reptile.

Paul était devant elle, souriant, cynique,
triomphant. Dix minutes auparavant, il avait
aperçu Marcelle qui entr'ouvrait le feuillage et
d'un rapide coup d'œil, il l'avait reconnue. Elle
l'avait reconnue aussi, sans aucun doute, puisqu'elle s'était enfuie aussitôt et il s'agissait de la
retrouver avant qu'elle pût regagner la maison.

Son parti avait été vite pris.

— Ma foi, mon cher — dit-il à Charles Dubois — je vous laisse discuter vos affaires. Je vous
rejoindrai tout à l'heure au cabinet de monsieur,
et, s'il le permet, j'irai faire le tour de ce parc qui
me paraît superbe.

— A votre aise, monsieur, — avait répondu
Robert Daniel.

Et Paul, une fois hors de la vue de ces messieurs, avait bondi à travers le parc, de façon à couper la retraite à Marcelle. Il ne l'avait pas rencontrée du côté de la maison et était alors revenu sur ses pas, furetant dans les bosquets, fouillant les taillis jusqu'à ce qu'il l'aperçût dans le petit retrait où elle s'était réfugiée.

— Vous?... vous?... ici?

— Moi-même. Je comprends votre étonnement, belle amie. Dois-je en être heureux ou marri?

— Vous osez reparaître devant moi?

— Oh! c'est bien le destin qui le veut ainsi, allez! Non pas que je n'eusse le grand désir de vous revoir, mais j'étais loin de penser que ce bonheur me serait sitôt accordé.

Marcelle détourna la tête avec un geste de dégoût.

Paul eut un ricanement.

— Cet accueil n'est pas tout à fait, je l'avoue, celui que j'espérais de celle qui... m'a aimé.

— Misérable!

— Un bien gros mot, chère amie, pour une action, légère, sans doute, mais si excusable. Ne vaut-il pas mieux...

— Vous osez railler encore votre victime?

— Ma victime! — et Paul eut un rire moqueur

— Pour qu'il y ait une victime, il faut qu'il y ait
eu violence, et, souvenez-vous, c'est par consentement mutuel, chère Marcelle...

— Ne prononcez pas mon nom, — interrompit
Marcelle dont l'œil eut un éclair — il me fait
horreur dans votre bouche.

— On n'est pas plus charmante ! Mais, je vous
excuse. C'est un moment de dépit, très compré-
hensible, d'ailleurs, et j'espère que vous revien-
drez à de meilleurs sentiments à l'égard de
celui qui vous a toujours aimé et qui veut vous
reconquérir.

— Vous ne savez donc pas, monsieur, que je
suis mariée ?

— Si, je viens de l'apprendre il y a une demi-
heure. Raison de plus pour renouveler les relations à peine ébauchées jadis — dit Paul en baissant la voix et il fit un pas en avant, la main
ouverte, le sourire aux lèvres.

Marcelle se recula vivement.

— Vous ne m'avez donc pas entendu ? Je suis
mariée !

— Je l'ai bien compris.

— Oh ! tant de cynisme m'épouvante !

— Et moi, tant de naïveté me ravit. Voyons,
on donne sa main à perpétuité, mais pas son
cœur. Celui-ci a droit à de nombreux divorces

sans formalités... sans longueurs... et le code du plaisir seul est consulté par lui.

Marcelle redressa sa tête pâle et avec un geste de souverain commandement, étendit le bras vers la grille du château.

— Monsieur, je vous ordonne de sortir d'ici, sur le champ !

— Vraiment ? Eh bien, chère amie, je vais sans doute vous étonner ? je reste.

— Vous restez ?

— Oui, j'ai mis dans ma tête que vous m'appartiendriez encore. J'avais presque oublié la fleur charmante, je l'avoue, mais je retrouve le fruit mûr, à l'aspect cent fois plus délicieux et, ma foi ! j'ai l'impérieux désir de le croquer.

— Partez !... ou j'appelle mon mari !

— Allons donc ! Il serait trop peu flatté d'apprendre que ce cœur, dont il se croit le propriétaire exclusif, a déjà été morcelé jadis.

— Mon mari sait tout.

— Mais le monde, sait-il tout ? Ne croyez-vous pas qu'il soit habile de ménager ce monde — qui ne demande qu'à savoir, — au prix d'un peu... d'amabilité envers un ancien ami.... discret... très discret...

Marcelle essaya de sourire, mais sa voix tremblait en disant :

— On ne vous croira pas.

— Peut-être... mais on croira certaines lettres
que j'ai conservées, par hasard, et où vous accusez une position aussi ennuyeuse qu'intéres-
sante.

— Oh ! le lâche ! — murmura Marcelle en retombant assise sur le banc.

Elle venait de comprendre à quel être abject
était livré son honneur et celui, bien plus pré-
cieux encore, de Robert.

— Oui, chère Marcelle, c'est ainsi. Et la
raison la plus élémentaire vous conseille d'écouter...

Marcelle l'interrompit violemment et, d'une
voix assourdie par l'indignation :

— A quel prix estimez-vous ces lettres?

— Vous voici déjà plus raisonnable. Accordez-
moi un rendez-vous à Paris...

— Jamais ! dites-moi la somme d'argent
qu'il vous faut et je l'aurai pour payer votre infamie.

— Si nous usons encore de gros mots, nous ne
pourrons pas nous entendre. Je vous demande
un rendez-vous où nous puissions causer tout à
l'aise.

— Jamais, vous dis-je! Et je vais de ce pas
prier mon mari de discuter avec vous les conditions de ce marché odieux.

La jeune femme s'était levée. Paul, les bras croisés, railleur, lui barra le passage.

— A propos, comment se porte notre enfant?

— Notre...

Marcelle chancela, mais elle se remit presque aussitôt par un effort suprême de volonté, et parvint à bégayer :

— Elle est morte !

Paul haussa les épaules en ricanant.

— Bien subitement alors, car mon ami l'a vue hier en parfaite santé, jouant avec sa bonne.

Marcelle ne répondit pas ; elle baissa la tête, vaincue. Elle avait voulu se lever, courir à Robert, lui dire les menaces et les propositions de cet homme, le faire chasser comme un bandit qu'il était et maintenant, elle n'osait plus. La vision du bonheur entrevu pour le lendemain passait devant ses yeux. Elle voyait Robert ramené vers le douloureux passé par la présence de Paul, abandonnant ses projets qui allaient la rendre si heureuse. Tous ses rêves détruits, toutes ses espérances brisées par ce maudit qu'elle croyait à jamais loin d'elle, loin des siens et qui allait réveiller le triste souvenir des jours mauvais.

Paul attendait; un rictus narquois plissait sa

bouche; il devinait le combat intérieur qui broyait le cœur et le cerveau de sa victime.

— Eh bien ? — fit-il enfin, impatienté.

Marcelle eut un soubresaut.

— M. Robert Daniel... mon mari — se reprit-elle vivement — ne sait-il donc pas qui vous êtes ?.... vous lui avez été présenté tout à l'heure ?

— Oui, mais, rassurez-vous, sous le nom de Paul Dubois. J'ai pensé à tout, belle amie, vous le voyez.

La jeune femme respira.

— Ecoutez ! je veux ces lettres... J'ai dix mille francs à moi, toutes mes épargnes, je vous les donne en échange.

— Dix mille francs — pensa Paul — c'est peu. Bah ! je n'en rendrai qu'une partie et pour l'autre, j'exigerai le reste... l'utile et l'agréable ; car elle est devenue absolument ravissante et je la veux.

— Eh bien ? — fit anxieusement la pauvre Marcelle qui se méprenait sur le silence de Paul et croyait encore à un remords possible dans cette âme de boue.

— Eh bien, j'accepte.

— Ah ! vous avez ces lettres sur vous?

— Non. Elles sont à Paris où vous viendrez les chercher.

— Jamais!

— Alors, rien de fait.

— Apportez-les moi ici.

— Et sous quel prétexte reviendrais-je? D'ailleurs je l'ai dit, je veux vous revoir sans témoins... je le veux!

Une voix retentit au loin. On appelait : Madame!... Madame!...

— C'est Rose qui me cherche...

— Diable! Rose? si elle me voit, tout se gâte!... — Dit Paul vivement.

— Oui... mon Dieu! Mon Dieu!... sauvez-vous!

— Et vos lettres?...

Le regard affolé de la jeune femme rencontra le pavillon près du mur. La tête perdue, ne sachant plus ce qu'elle faisait, elle saisit le bras de Paul et lui montrant le petit retrait caché sous les arbres :

— Là... dans ce pavillon... venez demain à dix heures du soir... escaladez le mur... que personne ne vous voie ou je suis perdue!...

Au même moment, un cri ou plutôt un soupir étouffé partit d'un buisson derrière eux.

Robert Daniel, après avoir ramené dans son

14

bureau M. Dubois, qui y attendait son ami, s'était mis à la recherche de Marcelle en même temps que Rose qui avait des ordres à demander à sa maîtresse.

Le hasard l'avait conduit vers le pavillon et, comme il avait marché sans bruit, se réjouissant de surprendre Marcelle qu'il supposait en train de rêvasser sur quelque banc de verdure, il s'était glissé dans l'épais taillis où le son d'une voix étrangère l'avait cloué, fort intrigué. S'étant rapproché, il venait d'entendre avec stupéfaction le rendez-vous donné par celle qu'il aimait tant à cet inconnu.

— Je rêve ! — pensa-t-il en pressant son front devenu moite subitement.

— C'est entendu — disait Paul — et demain Marcelle pardonnera, j'en suis certain, à Paul de Rassenetz.

— Paul de Rassenetz ! — murmura Robert.

— Comme je ne veux pas m'exposer à rencontrer Rose — ajouta Paul — vous direz à mon ami, M. Dubois, que je l'attendrai à la station du chemin de fer.

— Partez donc ! — s'écria Marcelle en s'enfuyant vers la maison si rapidement qu'elle ne vit pas Robert, blême et tremblant, appuyé contre un arbre pour ne pas tomber.

Paul escalada le mur en une seconde.

— C'est Paul de Rassenetz — et elle lui donne un rendez-vous! Il était toujours son amant! Oh!... trahison!...

TROISIÈME PARTIE

I

DEUX GRANDS-PAPAS

Ce matin-là, le soleil se levait plus radieux encore que la veille.

Dans les arbres qui saluaient le renouveau du jour d'un doux bruissement de feuilles, les oiseaux entonnaient l'hymne joyeux à la nature. Le frémissement des herbes — dont le soleil, de son premier baiser, buvait la rosée — le murmure des insectes voletant et des sources filtrant à travers les mousses, les milliers de voix des êtres, invisibles à l'homme et saluant le réveil bienfaisant, tout chantait l'hosanna universel à la vie.

Tout riait, tout aimait.

Il ne semblait pas possible que l'humaine douleur existât encore dans ce coin béni où le Créateur souriait ainsi à la créature. Et pourtant le front qui s'appuyait à la glace d'une chambre à coucher, là-haut, était bien pâle, — et les yeux qui fixaient les grands chênes baignés dans la lumière matinale étaient bien mornes et ne paraissaient pas voir l'éblouissant tableau, mais bien quelque sombre image évoquée sans cesse par ce besoin irrésistible de se torturer qu'ont les âmes aimantes et désarmées vis-à-vis du sort.

Pauvre Marcelle ! Elle souffrait de ce mal effroyable : l'angoisse. Rien ne justifiait la douleur qui la poignait terriblement, mais elle sentait que le malheur planait sur elle, que quelque chose de fatal s'ourdissait dans l'ombre contre sa félicité entrevue.

Cette réapparition de Paul l'avait d'abord consternée, abattue. Elle avait cru voir sa vie de nouveau brisée par cet homme qui tenait à sa merci l'honneur de toute une famille et, imprudente, dans son affolement, avait accordé ce rendez-vous pour rentrer en possession des lettres d'autrefois. Mais, après la scène du pavillon, aussitôt qu'elle eut regagné le château, la raison lui était revenue, elle avait jugé sainement, froidement la situation et s'était décidée à aller tout de suite trouver Robert. Elle lui aurait tout dit et il l'aurait sauvée du malheur comme il l'avait fait jadis. Folle qu'elle était d'avoir pu douter un instant de sa gén érosité et de sa grande âme. Il l'aimait assez pour oublier et rien — elle le sentait — ne réveillerait chez lui le souvenir à jamais effacé.

Mais au moment où elle arrivait à la porte du cabinet de Robert, un domestique accourut lui annoncer que monsieur venait de partir précipitamment pour Paris avec M. Dubois et qu'il avait recommandé de dire à madame de ne pas l'attendre, son absence devant durer jusqu'au lendemain soir.

Marcelle fut atterrée.

Jamais Robert depuis trois ans n'avait passé la nuit hors de la maison et surtout n'était jamais sorti, fût-ce une heure, sans prendre congé d'elle, sans lui dire un adieu souriant, et — depuis un an — sans la baiser au front.

Qu'était-il arrivé ?

Une affaire importante à traiter ? Non. Ça n'aurait pas excusé ce brusque départ. Il aurait tout au moins laissé un mot pour la rassurer.

Il fallait donc que Paul se fût fait connaître ou que son compagnon l'eût dénoncé. Et alors Robert avait fui pour ne pas voir Marcelle tout de suite, pour laisser dissiper cette résurrection de sa honte.

Qui sait ? Maintenant qu'il savait près de lui, près d'elle cet homme au souvenir abhorré, ce père de la fillette que lui, Robert, s'était habitué à aimer comme l'enfant de sa chair, — peut-être qu'il ne s'était pas senti assez fort pour dédaigner et qu'il était allé provoquer en duel ce témoin constant de la faute que la fatalité ne voulait pas laisser oublier.

Et son père, sa mère qui arrivaient tantôt.

Toutes les suppositions les plus absurdes traversèrent son cerveau surexcité, laissant l'empreinte douloureuse de leur passage sur son visage blême et dans ses yeux agrandis par un large cercle de bistre.

Elle ferma sa porte à tout le monde, à Dutilloy, à Rose même, prétextant un malaise, un mal de tête affreux. Elle ne parut pas au dîner, mais il fallut bien aller recevoir M. et madame Donval.

Ce furent des explosions de tendresse, de baisers sans nombre et les larmes purent couler librement sans qu'on en accusât d'autre cause que la joie de se revoir.

Le colonel n'avait pu tenir le sérieux plein de dignité qu'il avait longuement médité et répété dans le wagon. A la vue de sa fille, il avait achevé

de pardonner en sanglotant comme les autres.
L'absence de Robert Daniel l'étonna bien, mais
Dutilloy lui ayant affirmé qu'une affaire de la
plus haute importance avait appelé son gendre à
Paris, il se contenta de cette réponse, d'autant
mieux que le père Daniel était là, empressé, aimable, quoique au fond il fût très inquiet de cette
absence injustifiée de son fils qui ne l'avait pas
habitué, lui non plus, à ces départs sans adieux
affectueux.

Il fallait aller se reposer et le brave colonel
retardait toujours le moment de se séparer, sous
une foule de prétextes tellement saugrenus qu'ils
faisaient sourire Dutilloy, et madame Donval.
Tous devinaient ce qui manquait à M. Donval et
qu'il n'osait pas avouer encore.

Enfin Dutilloy, clignant de l'œil, fit négligem-
ment :

— Et dire que Jeannette dort là, à côté, ses
petits poings fermés, sans se douter qu'il vient de
lui arriver un grand-papa.

— Je veux l'embrasser avant de me coucher
— ajouta madame Donval qui était déjà allée
avec Marcelle contempler dix fois l'enfant en-
dormie.

— Je t'accompagne, dit le colonel, d'un ton
qu'il crut rendre indifférent.

Tous nos personnages, marchant sur la pointe

des pieds, pénétrèrent dans la chambre où Jeanne couchait à côté du lit de Rose.

L'enfant dormait, ses petits bras potelés hors de la couverture, la bouche rose entr'ouverte, souriant à quelque rêve enchanté, et adorablement jolie au milieu de sa forêt de cheveux bouclés qui formaient un nimbe d'or pâle autour de sa tête mignonne.

Le colonel n'y tint plus. Écartant brusquement sa femme et sa fille, en contemplation devant l'enfant, il se pencha sur Jeannette et la baisa convulsivement aux lèvres. Deux grosses larmes de bonheur tombèrent sur la joue de la petite qui poussa un faible soupir et se retourna sur le côté, sans se réveiller.

Madame Donval et Marcelle se jetèrent au cou de leur mari et père, scellant dans un triple baiser, au-dessus du berceau rose, le pardon complet du passé.

Le père Daniel se sentit un petit frisson de jalousie au cœur. Il n'allait plus être le seul grand-papa gâteau, ça se devinait.

Dutilloy, ronchonnant, pour cacher son émotion trop visible, disait à Rose, discrètement arrêtée à la porte de la chambre :

— En voilà une famille gaie! On pleure tout le temps, ici. Ça va devenir amusant! Et le colonel s'en mêle. Sacrebleu! Dire qu'il va falloir lui avouer... oh! non... à demain... je ne veux pas gâter son bonheur ce soir. Pourtant ce serait le moment, il est tout au pardon, il excuserait Robert... Non... décidément, j'aime mieux le laisser dormir tranquille. Demain, après le déjeuner, je l'emmènerai au parc et je lui dirai toute la vérité. Est-ce ton avis, Rose?

— Comme vous voudrez, monsieur Dutilloy, mais je n'ai plus peur ; M. Donval est trop amoureux de sa petite-fille pour trouver rien à redire à ce qui s'est passé.

Puis tous étaient allés se coucher, tranquillisés, joyeux, sauf Marcelle, qui, rentrée dans sa chambre, s'était sentie envahir par des angoisses cruelles et toute la nuit n'avait pu fermer l'œil.

A dix heures du matin, madame Donval entra dans la chambre de sa fille qui, toujours à la fenêtre, regardait sans voir, écoutait sans entendre les oiseaux babillards qui venaient jusqu'à elle et s'en retournaient étonnés de n'avoir pas le pain habituel qu'ils avaient coutume de venir prendre à la main.

Madame Donval fut frappée de l'aspect de Marcelle. Les larmes et l'insomnie l'avaient défigurée.

— Marcelle, qu'as-tu?... tu souffres?

— Mais non, maman... l'émotion m'a empêchée

de dormir; je suis fatiguée, voilà tout, je t'assure.

— Ma fille bien aimée!... Va, je suis bien payée en quelques heures des trois années de souffrance passées loin de toi. J'ai tant prié que le bon Dieu m'a entendue et qu'il a consenti enfin à fléchir ton père.

— Bonne mère!

Elles s'embrassèrent longuement, avidement.

Madame Donval eut une minute d'hésitation en reprenant :

— Je veux croire que tu es heureuse comme tu l'assurais dans tes lettres, mais l'amour maternel ne trompe jamais, vois-tu, et j'ai peur que tu ne me caches quelque chose.

— Non... non... crois-moi.

— C'est bien ennuyeux que M. Robert Daniel ait dû s'absenter un pareil jour. Ne pouvait-il remettre...

— Non. — interrompit vivement Marcelle. — C'est... une affaire qui n'admettait aucun retard.

La bonne mère n'osa plus questionner sa fille, mais elle n'était pas la dupe de ses sourires forcés et de ses pieux mensonges balbutiés malhabilement.

Le déjeuner se passa tristement.

Marcelle et madame Donval, malgré leurs

efforts, ne parvenaient pas à être gaies. Dutilloy, préoccupé toujours de la scène fatale où le colonel apprendrait la vérité, ne faisait rien pour animer la conversation, dont il était ordinairement le boute-en-train.

Seuls, les deux grands-pères, ayant au milieu d'eux, à table, la petite Jeanne, exultaient de joie. Tout l'univers pour eux était là, dans cette tête blonde qu'ils couvraient de baisers à tour de rôle, jaloux l'un de l'autre selon que l'enfant parlait à gauche ou à droite.

A la fin du déjeuner, on apporta au père Daniel un télégramme de Paris.

Il était de Robert et ainsi conçu : « Je reviendrai dans la soirée. »

Marcelle tressaillit. Pourquoi, à l'encontre des habitudes prises depuis un an, Robert ne lui adressait-il pas, à elle, ce télégramme ?

Dutilloy vint lui offrir son bras pour aller à la vérandah où le café était servi et lui dit, chemin faisant :

— Tu sais que je trouve la conduite de M. Robert pour le moins étrange. Aucune affaire au monde ne devait l'éloigner d'ici, aujourd'hui, alors qu'il doit s'y passer tant de choses graves.

— Robert aura été obligé...

— Non, — répliqua vivement Dutilloy — son absence en ce moment, sans aucune justification

de sa part, produit le plus déplorable effet et plus
que jamais je ne suis pas sans inquiétude sur la
manière dont ton père prendra la chose. Je sais
bien que ça s'arrangera après, mais je voudrais
bien être à demain déjà…, et toi?

Marcelle poussa un profond soupir et se tut;
madame Donval s'approchait d'eux.

Au même instant, un trio joyeux arrivait sous
la verandah.

C'était la petite Jeanne entre les deux grands-
papas, qui la tenaient chacun par une main et la
faisaient sauter en marchant. L'enfant poussait
des cris de joie à chaque bond et mélait la note
argentine de sa voix aux gros éclats de rire des
deux vieux qui, bien que bons amis déjà, discutaient presqu'aigrement sur leurs prérogatives
naturelles vis-à-vis de leur petite-fille.

— Certainement, colonel — dit le père Daniel
— vous êtes le grand-papa aussi, mais moi, non
seulement j'ai les mêmes droits que vous, mais
je connais ses goûts depuis longtemps… Et je
fais tout ce qu'elle veut, moi,

— Mais moi aussi — répondit le colonel — moi
aussi je ferai tout ce qu'elle voudra… plus même.
Et j'ai droit à un rappel de baisers pour tous
ceux que je n'ai pas reçus,

Et il affirma ce droit par deux gros baisers so-

nores qui résonnèrent sur la joue écarlate de
Jeanne.

— C'est ça, dites tout de suite que je ne compte
plus ! — gronda le père Daniel, en doublant la
dose d'embrassades.

— Si, mais pas plus que moi — répondit le
colonel, qui souleva de nouveau l'enfant jusqu'à
ses lèvres.

— Vous allez l'user ! — s'écria Dutilloy. —
Laissez-la donc un peu tranquille !

— Oh ! toi, tu ne comprends pas ces choses-là.
Tu n'as pas d'enfants.

— Heureusement. Avoir de ces petits anges
qui vous séduisent par des caresses et qui deviennent des monstres d'ingratitude ? Jamais de
la vie ! Passé sept ans, c'est épouvantable, ces
chérubins-là.

— A-t-il un mauvais cœur, ce Dutilloy — fit
madame Donval avec un sourire.

— C'est vrai — répondit le misanthrope, en se
rengorgeant d'aise sous ce qu'il considérait
comme un compliment.

M. Donval et le père Daniel s'étaient assis,
leurs chaises se touchant, de façon que Jeannette
pût avoir une jambe sur chacun d'eux.

— D'abord moi — dit le colonel — je lui raconterai des histoires de batailles.

Le père Daniel eut un gros rire moqueur.

— Une fille!... Comme ça l'amusera! Des contes de fées, à la bonne heure. Moi j'en sais des tas.

— Moi aussi. Ce n'est pas vrai — ajouta mentalement le colonel — mais j'en apprendrai.

— Je joue à la balle avec, moi! — continua le père Daniel avec emphase.

— Ce n'est pas malin, ça!

— Et je saute à la corde, avec.

— Vous?

— Moi.

— Pas bien haut, alors — fit le colonel vexé.

— Vous n'en feriez pas autant.

— Bah! Dès demain je vais m'entraîner.

— Quels grands enfants! Les entends-tu, Marcelle? — dit madame Donval.

Marcelle regardait tristement le père Daniel, et elle pensait au coup affreux que ressentirait le pauvre vieux s'il apprenait jamais que Jeanne n'était pas la fille de Robert.

— Ils sont si bons, tous les deux! — répondit-elle à sa mère.

— Si bêtes, tu veux dire — s'empressa de rectifier Dutilloy.

Le père Daniel se frappa le front comme un homme qui se rappelle subitement une de ses qualités oubliées dans une énumération rapide.

— Moi, j'imite l'âne... et elle adore ça. N'est-ce pas, Jeannette ?

— L'âne ? — dit le colonel en baissant la tête, visiblement vaincu dans le tournoi — l'âne ?... Diable ! Je ne suis pas sûr de pouvoir. Bah ! avec de l'étude on arrive à tout !

— A tout... mais pas à faire l'âne.

— J'y arriverai ! — fit énergiquement le colonel en fronçant le sourcil.

Rose entrait.

— Allons Jeanne, il faut aller faire ton petit dodo. Viens.

Elle prit l'enfant dans ses bras. Le père Daniel la suivit et, triomphant, décocha ce dernier trait à son rival :

— Et j'aide à la déshabiller, moi. Je m'y connais.

Le colonel se leva vivement et emboîta le pas au père Daniel.

— Vous n'êtes pas le seul, monsieur Daniel, je vais vous le faire voir. J'ai été capitaine d'habillement, jadis.

— Sont-ils amusants, hein, Dutilloy ? dit madame Donval.

— Stupides, vous voulez dire. Faut-il l'être assez pour aller voir coucher un enfant !

Et sur cette aimable réflexion, Dutilloy, toujours logique, s'empressa de suivre les deux aïeuls pour voir comment ils s'y prendraient dans leurs fonctions de bonne d'enfant.

Ils n'avaient pas eu le temps de s'éloigner que M. et madame Caravan faisaient irruption dans la vérandah. Ils avaient appris l'arrivée des nouveaux hôtes et étaient accourus au château.

Il fallut bien que Marcelle fît les présentations d'usage, malgré le père Daniel qui, voulant éviter au colonel le contact des deux arrivants, lui criait, sans souci de la politesse la plus élémentaire :

— Venez donc, colonel, ce n'est pas la peine.

— C'est le colonel — murmura madame Caravan à l'oreille de son époux — a-t-il une assez mauvaise figure !

— Dame ! un chef de brigands.

— Ouvrons l'œil maintenant.

II

LES DEUX RIVAUX

Robert Daniel, après que la fatalité l'eut fait assister au dénouement de la scène entre Paul de Rassenetz et Marcelle, avait bondi jusqu'à son bureau, s'était fait apporter un pardessus et un chapeau, puis était sorti en disant au domestique : « Prévenez mon père et madame que je suis appelé pour une affaire sérieuse à Paris et que je ne rentrerai probablement pas aujourd'hui. »

Il avait couru plutôt que marché, jusqu'à la station de Mennecy, la tête en feu, souffrant atrocement, n'ayant qu'une idée : fuir. Fuir n'importe où, s'éloigner pour ne pas se trouver face à face avec Marcelle et lui cracher sa trahison à la figure.

Ce Paul de Rassenetz, il le tuerait! et il châtierait Charles Dubois, son complice sûrement, puisqu'il l'avait présenté sous un nom d'emprunt, afin de le faire pénétrer dans la place.

Mais Robert n'arriva que pour voir partir le train. Il fallait attendre trois heures avant qu'il en passât un autre. Il ne voulut pas rentrer chez lui, de peur de rencontrer son père ou Marcelle ; il gagna la grande route et se dirigea à pied vers Corbeil où les trains pour Paris sont plus nombreux qu'à Mennecy.

Quand il fut loin des habitations, bien seul, il pleura.

Il marchait les bras croisés sur sa poitrine, la tête basse, étanchant avec son mouchoir son front où perlait la sueur, ses yeux où roulaient de grosses larmes.

Et il se disait :

— Ainsi, depuis trois ans, j'étais sa dupe. Elle n'avait pas cessé de le voir, de l'aimer. Elle a pu jouer cette comédie sans que j'eusse même jamais le soupçon d'une perfidie !... Niais, va! qui t'es cru capable de te faire aimer !... Pouvais-tu plaire à une femme? Pouvais-tu, comme ce Paul de Rassenetz, comme un de ces raffinés de débauche, un de ces pâles conteurs de séduisants mensonges qui, seuls, captivent cet être ondoyant et frivole, pouvais-tu espérer de l'avoir enchaînée

à ta vie ? J'aime à cœur éperdu, moi, franchement... bêtement... et je m'étonne qu'on se moque
de moi ? Oh ! que je souffre !... Comme je l'aimais !... Comme je l'aime !... Ainsi quand elle
était là, devant moi, je croyais lire dans ses
yeux : « Je vous aime ! » et ces yeux disaient :
« Imbécile ! c'est l'autre que j'adore toujours !... »
Et les Donval qui vont arriver cette nuit !... Que
leur dirai-je, maintenant ?... Demain, j'allais, en
implorant mon pardon de la faute commise, leur
faire la déclaration de mon amour pour... cette
femme. J'allais leur répéter ce que j'ai dit à
M. Dutilloy et lier à jamais mon cœur fou d'illusions... et devenir ridicule aux yeux de tous...
car tous ont dû s'apercevoir de ce que moi je n'ai
vu qu'aujourd'hui !... Heureusement, il est temps
encore...

Il arrivait à Corbeil. Justement un train était
en partance.

Une heure plus tard il débarquait à Paris.

Il avait froidement réfléchi le long de la route,
longuement, cruellement pensé, et une grande
résolution était sortie de là.

Il se fit conduire chez M. Charles Dubois.

Ce dernier, fort étonné de revoir déjà celui
qu'il avait quitté deux heures auparavant, lui tendit cordialement une main que Robert ne prit
pas.

— Qu'avez-vous, monsieur ? — demanda
Charles Dubois froissé — et qu'est-il donc sur-
venu entre nous pour que vous me fassiez l'injure de refuser ma poignée de main ?

— Monsieur — répondit froidement Robert,
debout, appuyé au dossier du fauteuil qui lui
avait été présenté — monsieur, vous êtes venu
tantôt chez moi et vous m'avez présenté M. Paul...
Dubois, sachant bien qu'il se nommait réellement
Paul de Rassenetz.

— Paul...

Charles Dubois devint tout rouge. Il comprit
que sa complaisance avait dû avoir des suites
désagréables, funestes peut-être, à en juger par
la mine lugubre du visiteur.

— Vous le reconnaissez, monsieur ? Votre
trouble le dit assez.

— Oui. J'ai probablement eu tort de me prêter
à ce que j'ai cru sans conséquences, mais je vous
prie de m'entendre et vous m'excuserez ensuite,
je l'espère.

Et Charles Dubois fit le récit de ce qui s'était
passé entre Paul de Rassenetz et lui, depuis le
moment où il l'avait rencontré sur le boulevard
à l'instant où il s'était prêté à son désir en ne le
nommant pas de son vrai nom. Ne voulant pas
qu'un doute pût subsister sur sa bonne foi dans
l'esprit de Robert Daniel qu'il estimait fort, il ne

lui cacha pas la raison qu'avait donnée Paul de Rassenetz pour le décider à faire ce mensonge auquel d'ailleurs il n'avait attaché aucune importance.

Robert tendit la main à M. Dubois.

— Je vous crois, monsieur. Me permettrez-vous de vous adresser encore une question?

— Je suis tout à vos ordres.

— Ce... M. de Rassenetz vous a dit qu'il arrivait d'Amérique ?

— La veille, oui, c'est-à-dire avant-hier. Mais les récits qu'il m'a faits sur sa vie depuis trois ans étaient tellement pleins de réticences, d'obscurités, que je le soupçonne fort d'avoir altéré parfois la vérité. Je crains qu'il ne mente très facilement.

— Alors, vous croyez qu'il était revenu à Paris depuis quelque temps ?

— Je n'en sais absolument rien.

— Monsieur Dubois — reprit Robert, après une courte pause — je vous prie de ne parler de cet incident à personne. Il y va du bonheur de bien des gens.

— Oh! je vous en donne ma parole d'honneur.

— Il faut absolument que je voie M. Paul de Rassenetz. Voudriez-vous me dire où il habite ?

— Je n'en sais rien. Il m'a dit être descendu dans un hôtel près de la gare Saint-Lazare, mais je l'attends demain à déjeuner.

— Ici ?

— Ici, à onze heures.

— Je vous remercie, monsieur — dit Robert en saluant pour se retirer.

Charles Dubois le reconduisit jusque sur le palier.

— J'espère, M. Robert Daniel, qu'il ne résultera de ceci aucune brouille entre nous ; que notre affaire est toujours en bonne voie d'arrangement et que vous consentirez à me céder le terrain de Mennecy au prix que je vous ai offert ?

— Je ne crois pas — répondit vivement Robert — mes projets sont changés et il est probable que je vais vendre non seulement ce terrain, mais le château et le parc aussi. Je ne ferai alors qu'un lot du tout.

— Vous voulez quitter cette charmante résidence ?

— Oui. Des affaires de famille m'y obligeront très probablement.

Les deux hommes se saluèrent et Robert s'éloigna.

Une nouvelle perplexité l'envahissait.

Si Paul de Rassenetz avait dit vrai en racontant à M. Dubois son retour d'Amérique la veille seulement, c'était donc la première fois qu'il revoyait Marcelle.

Mais disait-il la vérité ?

N'était-ce pas pour tromper son ami par ce besoin de mentir quand même qu'éprouvent certaines gens. Puis en admettant que cela fût vrai, ne resterait-il pas prouvé, hélas ! qu'il n'avait fallu qu'une entrevue pour que Marcelle sentît se réveiller en elle l'amour d'autrefois, pour qu'elle oubliât les trois années d'abnégation de Robert.

Son cœur ne s'était-il pas à ce point redonné irrésistiblement qu'elle avait accordé un rendez-vous à Paul de Rassenetz.

Elle s'était abusée, peut-être, croyant aimer Robert dont les soins dévoués et respectueux l'avaient touchée, mais l'image de celui qui l'avait trahie n'était pas effacée et la première entrevue l'avait ressuscitée plus séduisante que jamais à ses yeux toujours épris.

Dans l'une comme dans l'autre alternative il n'y avait pas à hésiter ; le devoir et l'honneur dictaient la conduite de Robert.

Il alla chez son notaire, puis chez son banquier et eut un long entretien avec chacun d'eux.

Le soir, il voulut s'étourdir, oublier pendant quelques heures ; il entra dans un théâtre quelconque sur le boulevard. Il en sortit à minuit sans savoir ce qu'il avait vu et entendu.

Ce qu'il avait vu, pendant que des acteurs inaperçus gesticulaient sur la scène, c'étaient Marcelle au bras de l'*autre*, Jeanne souriant à l'*autre* et le père Daniel pleurant la fillette disparue ; ce qu'il avait entendu c'était la voix de Marcelle donnant le rendez-vous à l'*autre* ; c'était le père Daniel lui reprochant son bonheur perdu.

Et pendant que là-bas Marcelle appuyant son front pâle à la vitre de sa chambre, regardait l'aube joyeuse réveillant les Êtres et les Choses, et pleurait alors que tout chantait — ici, dans un banal lit d'hôtel, Robert que le sommeil consolateur avait fui, laissait errer un regard morne sur les toits ensoleillés, sans voir le renouveau du jour, plongé qu'il était encore dans la nuit sombre de ses pensées.

A dix heures du matin, il alla se poster à cinquante mètres du domicile de M. Dubois et il attendit l'arrivée de Paul de Rassenetz.

Pendant près d'une heure, il arpenta fiévreusement le trottoir, regardant des deux côtés de la rue.

— S'il allait ne pas venir ? — murmurait-il, anxieux, toutes les minutes.

A onze heures moins cinq il aperçut Paul de

Rassenetz s'avançant avec lenteur, en homme qui se sait exact.

Son cœur battit avec violence à la vue de celui qui lui prenait son bonheur, sa vie, mais il se contint et comme Paul allait passer sans le voir, il lui toucha l'épaule avec le doigt.

— Monsieur.

Paul de Rassenetz eut un soubresaut en reconnaissant Robert Daniel.

Une rapide pensée lui vint que c'était au mari jaloux, au mari offensé qu'il allait avoir à faire et sa lèvre s'arma aussitôt d'un sourire narquois en même temps qu'il se campait sur une jambe avec un air de spadassin provoqué.

— Vous désirez, Monsieur ?

— Je désire parler à M. Paul de Rassenetz.

Robert appuya fortement sur ce nom : Rassenetz.

— Je vous écoute, Monsieur.

— Vous vous êtes introduit hier, chez moi, sous un faux nom.....

— Monsieur, interrompit Paul de Rassenetz avec hauteur, j'accompagnais M. Charles Dubois, mon ami, et ce n'est qu'en apprenant par lui chez qui j'étais que je l'ai prié de taire mon nom.

— Je le sais. M. Dubois m'a tout raconté.

— Ah ? vous l'avez revu ?

— Oui, hier. J'ai su que vous deviez déjeuner chez lui ce matin et je suis venu vous attendre, car j'ai à vous parler.

— Désolé, cher Monsieur, mais mon ami est un homme ponctuel; il est onze heures, la bienséance et mon estomac réunis m'obligent à être exact à l'invitation qui m'a été faite,

— Où pourrai-je vous voir après votre déjeuner ?

— Vous y tenez beaucoup ?

— Absolument.

— Pourquoi ? Il me semble qu'en vous affirmant sur l'honneur que le hasard seul m'a fait me retrouver hier avec madame Daniel, votre femme...

— Elle n'est pas ma femme.

— Hein ?

— Je vois à votre étonnement qu'elle n'a pas eu le temps de vous faire connaître sa situation. A moins — ajouta Robert avec une profonde amertume — qu'elle n'ait préféré vous laisser dans l'ignorance jusqu'à ce soir.

— Jusqu'à ce soir ?

— Oui. Le hasard seul aussi m'a fait connaître le rendez-vous qu'elle vous a donné dans le pavillon de mon parc.

— Ah! diable ! murmura Paul.

Robert continua :

— Celle qu'on croit ma femme et qui est toujours mademoiselle Donval a le droit de vous dire tout haut qu'elle vous aime et je désire, je veux qu'il en soit ainsi.

— Il est fou ! — pensa Paul de Rassenetz.

Puis aussitôt il devina qu'il y avait là-dessous quelque quiproquo, quelque méprise énorme dont il y avait peut-être un profit à tirer. Marcelle l'aimait — semblait affirmer cet homme qui paraissait plus triste que courroucé — elle n'était pas mariée, bien que tout le monde le crût. Que pouvait être ce mystère ? Il fallait le pénétrer habilement et pour cela ne rien gâter par des réponses à l'étourdie.

Toutes ces pensées lui passèrent en tête rapides comme un éclair. Ce fut avec une voix tranquille et d'un air résigné, comme quelqu'un parfaitement au courant de ce dont on l'accuse, qu'il répondit :

— Soit? aussitôt après le déjeuner, vers midi et demi je serai à votre disposition. Cela vous va-t-il?

— Oui.

— Où dois-je vous rejoindre ?

— Venez à l'hôtel où je suis descendu hier.

Et Robert lui remit une carte de cet établissement.

— Bien. A une heure et demie, j'y serai. /

Les deux hommes se séparèrent.

Paul alla chez son ami ; Robert reprit lentement le chemin de l'hôtel, monta dans sa chambre où il se fit servir à déjeuner, mangea du bout des dents quelques hors-d'œuvre, fit desservir au bout d'un quart d'heure et se mit à écrire sans interruption jusqu'à ce qu'un coup sec frappé à la porte lui annonça que Paul tenait exactement sa parole.

L'entretien dura une heure, au bout de laquelle Robert Daniel, se levant, dit à Paul de Rassenetz, qui tenait les paupières baissées pour ne pas laisser voir les éclairs de satisfaction dont s'illuminaient ses yeux.

— Ainsi, c'est entendu. Vous arriverez à Mennecy vers neuf heures ; vous escaladerez le mur derrière le pavillon ; il donne sur un terrain vague très ombragé, personne ne vous verra et, d'ailleurs, la nuit sera sombre. Vous vous glisserez le long de la petite allée, à droite, et vous arriverez sur les derrières de l'habitation ; là, je vous attendrai et vous guiderai vers mon cabinet. Vous avez bien compris ?

— Parfaitement. A ce soir.

Paul de Rassenetz descendit quatre à quatre les marches de l'escalier, tellement il avait hâte d'être dans la rue. La joie l'étouffait. Ce qu'il ve-

nait d'entendre l'avait si étrangement surpris,
qu'il pensait rêver. Il respira bruyamment une
fois dehors et s'empressa d'entrer dans un café
pour se désaltérer et remettre ses esprits.

Et tout en absorbant coup sur coup plusieurs
bocks, il monologuait :

— Elle est bien bonne, celle-là ! Si je m'attendais à pareille aventure !... Et on dit qu'il n'y a
pas de bon Dieu pour les joueurs !... Allons donc !
il y en a un, tout comme pour les amoureux et
les ivrognes. Le vin, l'amour, le jeu, c'est la tri-
logie benjamine du Seigneur... Mais ne me
trompe-t-il pas ?... Non, cet homme ne doit pas
mentir... il est convaincu. Par exemple, ce qui
m'étonne le plus, je me l'avoue, c'est que Marcelle ait si bien caché son jeu hier avec moi, et si
son... son mari pour rire ne m'avait pas dit
qu'elle m'aime, j'aurais des doutes sérieux sur la
solidité de cet amour... Je n'ai eu garde de le détromper, ce cher homme, du moment que j'ai vu
quels étaient ses projets... J'ai juré que je n'avais
cessé d'aimer Marcelle, moi non plus, et que
nous n'avions pu nous voir sans que nos cœurs
s'élançassent attirés l'un vers l'autre par un
aimant irrésistible... Charmante, adorable, maintenant, cette petite Marcelle ! Parole d'honneur !..,
c'est seulement d'aujourd'hui que je me sens fou
d'elle ! Il a bien fait les choses, le colonel...

Quatre cent mille francs !... et qui se sont augmentés, ayant été placés dans l'industrie de ce Daniel. Quel homme ! C'est la vertu personnifiée !... Saint Antoine n'était qu'un débauché, comparé à lui !... Oui, mais — ajouta-t-il, en se regardant avec une grimace, dans une glace du café — voici une piètre tenue pour un aussi grand jour, et ça fera le plus mauvais effet sur les parents de la fille... Le colonel va vouloir me manger d'abord... Bah ! j'en ai vu bien d'autres et je suis encore entier... Tiens ! quelle idée !... Je vais aller chez Dubois, je lui raconterai toute la vérité, cette fois-ci ; je le peux, elle me sert... une fois n'est pas coutume... il m'avancera bien quelques louis, avec lesquels j'irai incontinent me nipper décemment... et ensuite, vogue la barque, en route pour la fortune !

Et joignant l'action à la pensée, Paul de Rassenetz se dirigea vers la maison de son ami Charles Dubois.

III

ANXIÉTÉ

Les Caravan sont restés toute l'après-midi à fureter, espionner, questionner les nouveaux arrivés, prévenus heureusement par Rose qu'il fallait se méfier des deux importuns.

Les Caravan ragent de ne pouvoir rien tirer des Donval, qui deviennent muets dès que la conversation s'engage dans le passé.

De temps en temps, ils s'éloignent, s'isolent, afin de pouvoir se communiquer leurs impressions.

— Avez-vous entendu, M. Caravan ? quand ce colonel parle de Robert, il dit toujours : Monsieur Robert. Ça ne vous a pas frappé ?

— Si.

— Et madame Donval aussi. C'est effrayant comme ils ont l'air d'aimer leur gendre ! Ils évitent de prononcer son nom.

— Ils doivent être brouillés à mort. J'ai tiré les vers du nez au colonel, moi, tout bête que je suis !

Et Caravan eut un sourire de fatuité en essayant d'accabler sa femme d'un regard railleur.

— Ah !... quoi?... Parlez-donc !...

— Tout bête que je suis — répéta Caravan, se balançant sur les talons et la pointe des pieds alternativement.

— Pour une fois vous pouvez bien avoir une lueur d'esprit. L'exception confirme la règle. Dites !... Allons, vite !...

— Eh bien, je sais que le colonel et madame Donval voient pour la première fois leur petite fille...

— Et puis, c'est tout. C'est ça votre trouvaille? Je le savais.

Madame Caravan mentait, mais ne voulait pas avoir l'air d'apprendre quelque chose de son associé.

Caravan baissa la tête, humilié.

— Ce que je vois, moi — reprit madame — c'est que Marcelle est triste, que sa mère est triste, que le père Daniel est encore plus ours et plus mal élevé que d'habitude, et que Robert est

parti depuis hier soi-disant pour affaires urgentes.
Avez-vous remarqué que j'ai dit : soi-disant ?

— Oui... pourquoi ?

— Je soupçonne — et la vieille mauvaise serra
le bras de son mari, l'attirant à elle avec mystère — je soupçonne que s'il est absent c'est par
force.

— On l'a arrêté ?

— Je le crois. Et tous ces gens-là sont inquiets
parce qu'ils attendent leur tour.

— Ce n'est pas encore bien sûr, ça, malheureusement.

— Nous le saurons avec de la patience. Il faut
nous faire inviter à dîner.

— On ne nous invitera pas.

— Laissez-moi faire.

Sept heures allaient bientôt sonner.

Sur la pelouse, devant la maison, tous nos
personnages attendaient le tintement de la cloche
pour gagner la salle à manger et Marcelle regardait, anxieuse, les Caravan qui ne faisaient pas
mine de s'en aller, comme ils en avaient l'habitude vers six heures et demie, pour regagner
Corbeil.

Soudain, à deux cents mètres de là, un coup de
sifflet strident coupa l'air.

— Ah ! mon Dieu ! — s'écria madame Caravan

— mais c'est le train ! nous n'aurons jamais le temps d'arriver à la station.

— Mais si, en vous dépêchant — s'empressa de dire Rose qui était là.

— Oh! non... j'ai une douleur au genou qui m'empêche de marcher vite.

— Bah! nous prendrons le train de dix heures — fit Caravan qui comprenait le plan de sa femme.

— Merci! et dîner?... j'ai faim, moi.

Les deux époux attendirent en vain l'invitation forcée, immanquable, qu'allait faire la maîtresse de la maison. Un silence profond répondit seul au cri poussé par les entrailles de madame Caravan.

Celle-ci brûla ses derniers vaisseaux. Il lui fallait savoir et pour savoir il fallait rester, coûte que coûte.

— Ma foi, tant pis!... nous partirons plus tard. On n'a pas tous les jours le plaisir de faire de nouvelles connaissances — miniauda-t-elle en décochant deux de ses plus gracieux sourires aux Donval — nous nous invitons à dîner avec vous, ma chère cousine.

Marcelle, mise au pied du mur, jeta un regard suppliant au père Daniel qui, voyant le manège de ses *rasoirs*, se rongeait les poings de colère. Mais, autorisé par la mimique de Marcelle, il sai-

sit la balle au bond et, brusquement, enchanté
d'avoir l'approbation tacite de sa belle-fille, il dit
aux Caravan ahasourdis :

— Pas moyen... nous avons des affaires de famille à régler... ce sera pour une autre fois.

Madame Caravan se leva rouge de dépit, et,
voyant que Marcelle et les autres détournaient
la tête, en acquiescement aux paroles du père
Daniel, elle s'écria :

— Venez, monsieur Caravan ; il est inutile que
nous nous exposions désormais aux avanies sans
nombre qu'on nous fait à plaisir dans cette maison.
Venez !

Et saisissant le bras de Caravan, elle s'éloigna
avec une rapidité qui pouvait faire douter du
rhumatisme au genou invoqué tout à l'heure.

— Ainsi soit-il ! — leur cria le père Daniel enchanté d'avoir enfin trouvé l'occasion de renvoyer ses bons cousins pour tout de bon.

. . . .

On se met à table, mais le repas est encore plus
silencieux que celui du matin.

Marcelle a beau se martyriser la volonté pour
amener des sourires dans ses yeux et des phrases
banales à ses lèvres, elle n'y parvient pas.

Toujours la même angoisse hante son esprit,
sans cesse la même pensée l'absorbe : Robert est
parti parce qu'il a su que cet homme est Paul de

Rassenetz, parce que le souvenir cruel a été plus fort que la générosité de son âme. Il en veut à Marcelle, maintenant qu'il l'aime, d'avoir été à un autre et la jalousie est venue avec l'amour. La jalousie? le mépris, peut-être? Que va-t-il dire, en revenant tout à l'heure, au colonel et à madame Donval? S'il est toujours dans les mêmes intentions, pourquoi s'est-il éloigné. Au moment même où les parents de Marcelle arrivaient? Il ne veut donc plus? Mais alors que veut-il?... Quelles souffrances! quelles tortures! Ah! s'il arrivait à présent, s'il était là, elle se jetterait à son cou, pour la première fois, et le supplierait de parler, de dire s'il l'aime vraiment, car elle ne peut plus supporter cette perplexité épouvantable, ce doute mortel qui la ronge et la tue.

La bonne madame Donval voit que sa fille souffre et se contraint pour donner la réplique à Dutilloy qui, pour se tromper lui-même sur la peur l'envahissant de plus en plus à mesure que l'heure s'avance, fait une charge à fond de train contre les parasites en général et les cousins en particulier.

Le père Daniel l'applaudit ainsi que le colonel, mais distraitement, car tous les deux sont de nouveau aux prises, gâtant à qui mieux mieux la petite Jeanne placée entre eux. Ils l'étoufferaient de sucreries si Rose, debout derrière l'enfant,

ne détournait les morceaux que chacun d'eux
prodigue afin d'obtenir un merci gazouillé de la
fillette.

Au bout de trois quarts d'heure, tout le monde
se lève et passe dans un petit salon.

Jeannette est allée se coucher.

Le père Daniel propose une partie de piquet au
colonel qui accepte avec joie et, après avoir mûre-
ment discuté sur l'enjeu, ils tombent d'accord.
Celui qui gagnera deux parties, en cent cinquante
liés, aura le droit d'embrasser le premier Jeannette lorsqu'elle s'éveillera le lendemain.

Et les deux grands-pères, devenus soucieux, se
livrent à des combinaisons prodigieuses d'écarts
francs pour arriver à enlever le prix inestimable
accordé au vainqueur.

Dutilloy marque les points, gouailleur, ridicu-
lisant la passion du jeu qui abrutit l'homme lequel
n'a pourtant pas besoin de ça.

Ces diatribes furieuses, lancées d'un ton convaincu, ne l'empêchent pourtant pas de dire :

— Vous savez, je remplace le perdant.

Le colonel gagne la première partie.

La figure du père Daniel s'allonge démesurément.

— Vous avez une veine ! Des quatorze à tous
les coups !

— Dame ! vous savez, dit orgueilleusement le

colonel — c'était connu au régiment ; pour jouer la carte je ne crains personne.

— Ce n'est pas malin, avec tous les as en main — riposte le père Daniel avec une moue non dissimulée — à vous à donner.

— Coupez.

Cette fois le père Daniel a quinte et quatorze et fait capot le colonel qui ne peut retenir un commencement de sacré nom... ponctué d'un coup de poing sur la table.

— Quelle veine !... les quatre as !

— Eh ! vous les aviez bien au coup précédent.

— C'est possible, mais vous avez tout de même une veine insolente.

C'est au tour du colonel à faire une figure d'une aune.

— Manche à manche — dit Dutilloy — jouez la belle maintenant.

— C'est toi aussi qui es cause de ma capote.

— Moi ?

— Tu me vois me dégarder à cœur et tu ne me dis rien.

— Tu n'aimes pas les conseils.

— Non, mais une fois par hasard, quand tu vois que je me trompe.

— Tu ne te trompes jamais — dit Dutilloy moqueur.

— Hé ! tu m'embêtes !

— Tout le monde t'embête quand tu perds.

Le colonel ne répond pas et coupe le paquet de cartes que lui présente le père Daniel.

Les deux adversaires se regardent en dessous d'un air mauvais.

— Kiss ! kiss ! — fait Dutilloy qui s'amuse énormément à les voir.

Madame Donval et Marcelle sont assises sur un divan au fond du salon.

Les fenêtres grandes ouvertes laissent pénétrer les parfums des fleurs et des odeurs de foins coupés dans les environs.

La nuit est noire, bien que le ciel soit étoilé, car une légère brume, produite par l'évaporation de la terre, s'élève et voile les astres.

Soudain Marcelle tressaille.

Elle vient de penser à ce rendez-vous donné à Paul pour dix heures, là-bas au fond du parc. Elle l'avait presque oublié.

La gravité de son imprudence lui apparaît alors. Mais sa résolution est vite prise. Elle dira tout à Robert et c'est avec lui, à son bras, qu'elle ira racheter au misérable les preuves de sa faute.

Son œil interroge sans cesse la pendule. Il est huit heures. Un train de Paris vient d'arriver un quart d'heure auparavant : celui qui doit amener Robert est pour neuf heures.

Une heure encore à souffrir...

Tout à coup, elle voit Rose entrer, l'air af-
fairé, dans le salon et lui faire signe qu'elle veut
lui parler.

Elle se lève, et rejoint la fidèle servante qui
l'entraîne dehors dans l'antichambre et, rapidement, à voix basse, lui dit :

— Madame, M. Robert est revenu.

— Tu dis?

— M. Robert est revenu. Le jardinier Gervais
vient de m'assurer qu'il a vu Monsieur rentrer
tout à l'heure il y a dix minutes, par la porte
derrière la serre. Vous savez qu'il a toujours la
clé de cette porte sur lui.

Marcelle ne répond pas. Robert revenu? C'est
impossible.

— Gervais s'est trompé... ce n'est pas lui —
murmure-t-elle.

— Dame! nous pouvons nous en assurer.
Allons voir s'il y a de la lumière à la fenêtre de
son cabinet.

Les deux femmes se glissent sous une charmille, faisant le tour de la maison pour gagner
l'autre aile où sont situés les bureaux et le cabinet
de travail de Robert.

Les fenêtres sont closes et obscures mais en
s'approchant tout près, elles se convainquent
que les épais rideaux ont été baissés pour dissimuler la lumière ; pas assez hermétiquement

toutefois, car un mince filet lumineux jaillit d'un entre-bâillement.

Marcelle se sent défaillir au bras de Rose.

— Revenu ?... Il est revenu et se cache de moi, de nous ! Pourquoi?... Viens !

Elle entraîne Rose vers l'endroit d'où elles sont parties.

— Dis à ma mère que je vais être à elle dans un quart d'heure... que j'ai eu... des ordres à donner.

— Qu'allez-vous faire ?

— Savoir pourquoi il nous fuit.

Et elle disparaît par le couloir qui, dans l'intérieur, conduit au cabinet de Robert.

Arrivée à la porte, sans hésitation, le visage rasséréné par la conviction de n'avoir rien à se reprocher, elle frappe :

On ne répond pas.

Elle frappe encore et dit :

— C'est moi, Robert, ouvrez.

Un court silence se fait encore. Puis on entend un bruit de papiers froissés, un pas de rapprochement assourdi par les tapis et la porte s'ouvre.

Robert s'efface sans mot dire; elle pénètre dans la chambre.

IV

LA CONFESSION

Bien que le visage de Robert fût plongé dans la demi-obscurité produite par l'abat-jour de la lampe posée sur le bureau, Marcelle fut frappée de son expression douloureuse. Il paraissait vieilli de dix ans.

Il attendait, silencieux, détournant son regard des yeux interrogateurs de la jeune femme.

Un frémissement les secouait tous les deux comme les feuilles à l'approche d'un orage.

Ni l'un ni l'autre ne trouvaient rien à dire pour rompre ce silence cruel.

Robert parvint enfin à articuler :

— Vous désirez me parler, madame ?

— Madame ?... pourquoi me dites-vous madame ?

Au son de cette voix tant adorée, Robert perdit le calme qu'il s'était juré d'avoir. Un flot de sang reflua vers son cœur. La scène du pavillon, repassa devant ses yeux, et cette voix si douce, il l'entendit encore, s'adressant à l'*autre*, donnant le rendez-vous, sanctionnant la trahison.

Il vit Marcelle comme elle serait dans quelques instants, au bras de Paul de Rassenetz, à sa lèvre, sans doute. La colère fit bouillir son cerveau, un voile sanglant s'étendit devant son œil devenu mauvais.

— Pourquoi me dites-vous madame ? — répéta-t-elle doucement.

Robert fit un effort suprême pour ressaisir la raison qu'il sentait l'abandonner. Au bout de quelques secondes, il redevint maître de lui, et sans répondre à la question de Marcelle, il dit, d'une voix dont le calme apparent était démenti par un tremblement involontaire.

— Avant d'expliquer notre situation à vos parents, permettez-moi de vous dire qu'il eût été plus généreux de ne pas vous moquer ainsi d'un pauvre fou, dont tout le crime a été de vous aimer au point d'en être aveugle.

— Je ne vous comprends pas, Robert — balbutia Marcelle.

— Oh ! que si, vous me comprenez bien ! — riposta violemment Robert, emporté malgré lui par les rancunes qui le torturaient.

— Mais.... qu'avez-vous à me reprocher ?

— Je vous reproche de m'avoir trop bercé dans mes naïves illusions, et, dans un but que je n'ose sonder, de m'avoir laissé croire que vous pouviez m'aimer comme je vous aimais.

— Comme vous m'aimiez ! — s'écria Marcelle, en faisant un pas vers Robert. — Vous... ne m'aimez donc plus ?

Il éluda la question, et sa voix se fit plus amère encore :

— Vous étiez libre d'aimer qui vous vouliez, mais vous ne deviez pas me tromper. Je n'avais rien fait qui pût vous autoriser à me prendre pour un jouet ; je n'avais rien commis qui vous donnât le droit de briser mon cœur sous les coups d'une trahison.

— D'une trahison ?

Robert se mit à marcher avec agitation dans le cabinet, déplaçant les livres, les chaises, sans savoir ce qu'il faisait, cherchant à se contenir et n'y réussissant pas, exaspéré de cet étonnement douloureux qu'il prenait pour de l'hypocrisie.

— D'une trahison ? — répéta Marcelle en joignant les mains.

Robert s'arrêta court devant elle.

— J'ai dit : trahison, j'aurais pu dire : infamie.

Marcelle devint horriblement pâle.

— Infamie ?... Oh ! Robert, que dites-vous là?... Si vous n'avez pas perdu l'esprit, je vous plains. Je ne sais de quelle infamie vous parlez, de quelle trahison vous m'accusez, mais il suffit que vous puissiez me croire coupable de quelque chose d'infâme, pour que ma bouche se ferme... pour que je ne m'abaisse pas à vous demander quel est le crime dont vous m'accusez.

Robert eut un rire sardonique.

— L'indignation silencieuse ? Cela vous sied mieux effectivement et rend la défense plus facile.

— Je ne me défends pas, monsieur — répondit lentement Marcelle — et pourtant... vous m'insultez.

— Vous me tuez bien, vous !

Et se précipitant vers son bureau, il appuya sur un timbre.

Un domestique accourut.

— Priez M. et madame Donval, M. Dutilloy et mon père de venir ici tout de suite.

— Une infamie !... une trahison !... — murmura Marcelle en se laissant tomber sur une chaise — je rêve... ou il est devenu fou !

Robert sortit d'une caisse en fer placée dans un angle de la chambre, un large portefeuille en maroquin noir.

Des pas résonnèrent sur la dalle du couloir.

Dutilloy et le père Daniel entrèrent les premiers, suivis par madame Donval et le colonel qui, mis en méchante humeur par la perte de la belle au piquet, disait à demi-voix à sa femme :

— Il me semble que le premier devoir de M. Robert était d'accourir à nous et non de nous faire demander par un valet.

Madame Donval, en entrant, avait été vers sa fille. Il ne lui avait fallu qu'un coup d'œil pour voir l'état de prostration de Marcelle, et tout bas, l'embrassant, elle lui demanda :

— Qu'y a-t-il ? tu te trouves mal ?...

— Non maman... non !... laisse-moi !

Et écartant doucement madame Donval, elle se redressa, calme, prête à répondre s'il le fallait, car elle se sentait accusée d'un crime inconnu et ne voulait pas qu'on lui trouvât l'air d'une coupable.

Le père Daniel embrassait son fils sans l'interroger sur les motifs de son absence. Tout ce qu'il faisait n'était-il pas toujours bien fait ?

Robert se tenait debout, immobile, au fond de la chambre, faisant face à la porte par où venaient d'entrer ceux qu'il avait fait appeler.

Le colonel, surpris de cette façon d'agir, s'avança vers lui.

Robert fit deux pas en avant, et sans paraître voir la main prête à se tendre, il dit :

— Veuillez vous asseoir, colonel; et m'écouter, car c'est une confession que j'ai à faire, un verdict que j'ai à demander, une réparation que j'ai à donner.

Tous se regardèrent, étonnés.

— Que signifie ?... — commença le colonel.

— Je te demande pardon, mon père — reprit Robert, en se tournant vers le père Daniel, assis dans l'ombre, derrière les autres, et qui n'était pas le moins intrigué de ces façons mystérieuses d'agir si peu dans la nature de son fils.

— Je te demande pardon, père, car je vais te faire bien du chagrin et te porter un coup cruel. J'aurais dû me confier à toi plus tôt, mais les circonstances qui me forcent à agir étaient imprévues.

Le père Daniel se mit à trembler.

— Parle, Robert.

— Il y a trois ans, nous avions déposé chez notre banquier les quatre cent mille francs destinés à payer les constructeurs de la nouvelle usine. Cette somme devait leur être payée le 31 janvier et le 27, quatre jours avant, un journal m'apprenait que le banquier avait fui, laissant sa caisse vide.

— Ah! ça ! — murmura le colonel, à l'oreille de Dutilloy — il n'avait donc pas encore avoué la chose à son père !

17

— Non... patience... écoute...

— Les clients de ce banquier — poursuivit Robert, étaient volés, ruinés...

— Oui, mais heureusement — s'écria le père Daniel — tu avais eu le nez creux en retirant nos fonds à temps.

— Hélas! non.

— Hein ?...

— Tout était perdu. Je te connaissais assez, père, pour savoir que tu ne survivrais pas au terrible chagrin qui allait te frapper quand tu apprendrais que ces économies, amassées par trente ans de labeur et d'honnêteté, avaient disparu. C'était un coup mortel pour toi, tu n'y aurais pas survécu, je te connais.

— Mais alors... quoi ?... comment... — bégaya le père Daniel.

— Laisse-moi achever. C'est alors qu'éperdu, désespéré pour toi, je lus dans les journaux l'annonce promettant quatre cent mille francs à l'homme...

Le colonel se leva brusquement.

— Si c'était pour réveiller ce souvenir, il était inutile, monsieur, que nous vinssions...

Robert eut un rire triste.

— Il le faut, monsieur Donval, et croyez qu'il est encore plus pénible pour moi que pour tout autre.

Marcelle pencha la tête sur l'épaule de madame Donval.

— Robert poursuivit :

— ... A l'homme qui épouserait une jeune fille...

— Robert !... supplia Marcelle.

— Je dois tout rappeler, pour mon père d'abord qui ne sait rien, et pour vous, colonel, dont l'absolution me sera précieuse.

— Parlez.

— A l'homme qui épouserait une fille ayant commis une faute...

— Monsieur Robert, il me semble inutile..., interrompit Dutilloy.

— Laissez-moi achever, il le faut. Ah! ce fut une lutte terrible qui se passa en moi, mais l'amour filial fut plus fort que les sentiments d'honneur et de dignité. D'ailleurs, j'aurais tué pour sauver mon père... et je consentis à donner mon nom à mademoiselle Donval et à l'enfant qu'elle attendait.

Le père Daniel se dressa comme mû par un ressort

— Hein?... comment?... l'enfant qu'elle attendait... l'enfant n'est pas le tien?... Jeanne n'est pas...

— Je te le disais, père, que j'allais te faire bien souffrir, va; tu me maudiras après pour le mal

que je te fais, pour tout le bonheur que je t'en-
lève, mais je n'ai pas fini. J'avais fait le rêve de
ne jamais t'avouer la vérité, mais je ne peux
plus, ma conscience et le devoir exigent que
j'aille jusqu'au bout.

— Où veut-il en venir, mon Dieu ? gémit Marcelle qui se cachait le visage dans les bras de sa
mère.

Robert se retourna vers le colonel.

— Suivant nos conventions, je reçus les quatre
cent mille francs et, prétextant à mon père une
affaire urgente m'appelant en Angleterre, je partis pour Londres avec... votre fille, accompagnée
de Rose, notre seul témoin puisque M. Dutilloy
avait été empêché au dernier moment.

— Mais nous connaissons tous ces détails,
monsieur — dit le colonel, et je ne vois pas le
besoin de les rappeler.

— C'est indispensable. Une fois à Londres,
mademoiselle Donval me supplia avec tant de
douleur, tant de larmes, de ne pas conclure ce
mariage, odieux pour elle, comme pour moi alors,
que je consentis à retarder cette union qui nous
torturait tous les deux.

A ce moment, Dutilloy s'agita bruyamment sur
sa chaise comme s'il espérait empêcher d'entendre la suite.

— Et — poursuivit Robert — nous ne nous sommes pas mariés.

Un triple cri de stupeur retentit, poussé par le colonel, madame Donval et le père Daniel.

— Pas mariés !... mais vous êtes fou ! — s'écria le colonel...

— Voilà ce que je craignais — pensait Dutilloy, se mouchant et toussant de plus belle.

Marcelle pleurait silencieusement, immobile sur sa chaise.

— Non, — répondit Robert à l'exclamation du colonel.

— Pas mariés? — répéta encore le colonel comme s'il cherchait à comprendre une phrase au sens inexplicable — vous voulez dire que vous avez retardé le mariage et remis à quelques jours après l'accomplissement de votre parole.

— Non... nous ne nous sommes jamais mariés.

Le colonel Donval eut un rire hébété.

— Ah! ah!... vous voulez plaisanter... vous amuser de moi.

— Dieu m'en garde!... J'ai dit la vérité.

— Mais alors, vous m'avez menti!

Et le colonel fit un pas menaçant vers Robert. Madame Donval et Dutilloy l'arrêtèrent.

— Oui — dit Robert — j'ai menti à tous excepté à ma conscience. Mademoiselle Donval adorait l'homme qui l'avait trompée et me suppliait d'at-

tendre que, revenu à de meilleurs sentiments, il
accourût réparer sa faute. Elle avait foi en lui, elle
lui appartenait corps et âme ; pouvais-je remplacer
cet homme, commettre ce sacrilège d'enlever à
tout jamais l'espoir de ce cœur rempli de l'être
aimé? Quand un cœur comme celui de... votre
fille s'est donné, il ne se reprend plus.

— Quel malheur me menace donc ? — murmura Marcelle,

— Alors — fit le colonel dont la voix tremblait
sous la colère croissante et que sa femme et Dutilloy cherchaient en vain à calmer — alors, vous
avez trahi votre parole ?...

— Je voulais retrouver le séducteur. Oh! je
vous jure que, pendant un an, j'ai fouillé Paris,
je l'ai fait chercher par toute l'Europe. Je voulais
le rendre à celle qui mourait de son abandon.

— Vous être cruel, Robert — dit Marcelle en
levant ses yeux noyés de larmes sur celui qui la
torturait ainsi.

Le colonel bondit soudain, s'échappant des
mains de Dutilloy.

— Mais... l'enfant !... Vous êtes un misérable !

Et il leva la main sur Robert. Prompte comme
l'éclair, Marcelle s'élançant entoura le colonel
de ses bras.

— Mon père... je vous en supplie... écoutez-le.

— Où voulez-vous en venir ? — ajouta-t-elle,

se détournant vers Robert. — Je souffre et vous n'avez pas pitié de moi.

— Avez-vous eu pitié, vous? — répondit durement Robert, qui continua, s'adressant au colonel :

— En revenant de Londres, je mentis aussi à mon père.

Le père Daniel poussa un gémissement. La tête entre ses mains, accablé, il ne savait plus qu'une chose, lui : c'est que Jeanne n'était pas sa petite-fille.

Robert poursuivait :

— Je lui dis que j'étais le séducteur de Marcelle... que je l'avais épousée à l'insu de tous, de peur d'être blâmé, et lui — qui n'a jamais su qu'aimer ce que j'aimais, — accueillit avec joie celle que je lui amenais comme sa fille. Oh ! père, j'implore ton pardon, car je te déchire le cœur maintenant.

— Oh! oui, va... mais — ajouta vivement le pauvre vieux — je te pardonne. C'est pour me sauver l'honneur et le repos que tu as fait ça.

— Quand l'heure de la délivrance fut proche — reprit Robert, — nous partîmes dans un petit village du Midi, sous des noms supposés et l'enfant fut déclaré de père et mère inconnus.

— Inconnus? — s'écria le colonel — quand j'ai payé quatre cent mille francs pour que vous lui donniez votre nom! Vous nous avez volés, monsieur!

— De père et de mère inconnus — poursuivit froidement Robert qui blémit sous l'injure — afin que plus tard lors du jour qui est venu, l'enfant puisse être reconnu par ses auteurs réels.

— Il perd la raison! — pensa Marcelle épouvantée.

Dutilloy s'avança vers Robert.

— Voyons, monsieur Robert, vous faites souffrir tout le monde. Arrivez donc tout de suite à la conclusion qui arrange tout.

Et il se retourna vers son ami:

— Patience, Donval, tu vas être satisfait.

Robert eut un sourire amer:

— Monsieur Dutilloy, la nuit porte conseil. Depuis hier, mes yeux se sont dessillés et le bandeau d'illusions qui les couvrait s'est déchiré au souffle de la vérité. Je connais les sentiments de mademoiselle Donval. Je m'étais étrangement, stupidement mépris et j'allais commettre aujourd'hui une faute grossière que nous ne nous serions jamais pardonnée.

— Hein?... Vous dites?... — fit Dutilloy au comble de l'étonnement.

Tous les cœurs palpitaient, tous les yeux interrogeaient anxieusement Robert qui continua :

— Monsieur Donval, les quatre cent mille

francs que j'ai reçus ne m'appartenaient pas puisque je violais la convention qui me les donnait. Je n'ai jamais considéré cette somme que comme un dépôt et, gérant fidèle de ce dépôt sacré, je l'ai fait fructifier dans mon usine.

Robert prit, sur son bureau, le grand portefeuille en maroquin noir.

— Les quatre cent mille francs avec leurs intérêts et la part des bénéfices qui leur revient dans les affaires de la maison forment aujourd'hui un capital de six cent mille francs que je vous remets. Ce sera la nouvelle dot de mademoiselle Donval.

Il tendit le portefeuille au colonel qui le prit machinalement.

— Ma dot? — s'écria Marcelle.

— Oui — répondit Robert — la dot que vous pourrez offrir à celui que je cherchais bien loin quand il était si près. C'est un peu votre faute aussi, vous auriez pu sans doute m'éclairer dans mes recherches et j'aurais avancé l'heure de la réparation.

— La réparation!... Robert... je vous en prie... ne me faites pas souffrir ainsi. Je ne vous comprends pas.

— Sacrebleu! — s'écria Dutilloy — dites-le donc tout de suite.... l'époux, c'est...

— L'époux — interrompit Robert — le voici.

Il alla vers la porte du fond donnant sur le cabinet, l'ouvrit, et s'effaçant, il dit :

— Veuillez entrer, monsieur.

Une quadruple exclamation d'étonnement retentit.

Paul de Rassenetz venait d'entrer, souriant, et saluait de l'air d'un homme enchanté de retrouver de vieux amis.

Marcelle avait poussé un gémissement et était retombée sur une chaise, se prenant la tête de ses mains, la pressant pour dissiper l'horrible cauchemar dont elle se croyait le jouet, se sentant devenir folle sous l'exaspération de la torture sans nom qu'elle subissait depuis la veille.

Le premier moment de stupeur passé, le colonel bondit vers le nouveau venu.

— Paul de Rassenetz !... c'est ce misérable !... enfin je le rencontre !

Robert arrêta le colonel.

— Paul de Rassenetz, oui monsieur Donval... Paul de Rassenetz qui a toujours aimé votre fille et qu'elle n'a jamais cessé d'aimer.

— Oh !.... me réveiller ! — murmurait Marcelle.

— Mais vous divaguez, monsieur — s'écria Dutilloy — hier, vous m'avez dit...

Robert ne lui répondit pas.

— Allons, monsieur de Rassenetz — dit-il au

jeune homme qui commençait à perdre de son
assurance devant les témoignages non équi-
voques d'antipathie qu'il inspirait. — Allons, c'est
à vous maintenant de parler.

Paul s'inclina vers Marcelle dont les yeux hagards fixaient la tenture des fenêtres.

— Marcelle, je suis prêt à reconnaître tous mes
torts.

Au son de cette voix, Marcelle tressaillit et regarda autour d'elle. Elle eut alors la compréhen-
sion rapide que tout ceci n'était pas un rêve, que
Robert ne l'aimait pas et que, voulant reprendre
sa liberté, il la donnait à celui qu'elle abhorrait
maintenant.

Elle marcha droit à Robert, plongea ses yeux
dans les siens, et, lentement, si bas que les autres
n'entendirent qu'un murmure, confus elle lui
dit :

— Alors... vous ne m'aimez pas?

Robert, sans détourner les yeux répondit de la
même voix, sourde et sifflante :

— La comédie n'est pas de mise, ici. La vérité
a parlé hier dans le parc où les arbres sont pro-
pices aux niais comme moi pour écouter sans être
vus.

— Hier?

— Et j'ai voulu vous rendre toute liberté
avant qu'il soit dix heures, pour que vous puis-

siez courir sans crainte au rendez-vous du pavillon.

— Ah!

Marcelle comprenait tout. Un éclair venait d'il-
luminer sa raison.

Elle eut la pensée de tomber à ses genoux et de
lui crier : « C'est vous seul que j'aime et je suis
innocente de ce dont vous me soupçonnez » mais
elle vit le regard dur, méprisant de Robert et
elle comprit qu'il la croyait coupable d'une igno-
minie. Toutes ses pudeurs protestèrent, toute sa
conscience se révolta contre le soupçon infâmant.

Elle bondit vers son père et sa mère, auxquels
Paul faisait à voix basse mille protestations de sa
bonne foi.

— Mon père, veuillez me suivre... je vous en
conjure!... pas un mot de plus. Venez avec moi
sur le champ... il le faut.

Le colonel se laissa entraîner, vaincu par
l'accent désespéré de sa fille. Madame Donval les
suivit.

— Vous y comprenez quelque chose, vous? —
fit Dutilloy au père Daniel.

— Je comprends que... Jeanne n'est plus ma
fillette et que j'ai besoin de sortir pour pleurer.

Et trébuchant, sans oser regarder son fils, de
peur qu'il ne vit l'amer reproche emplissant
malgré lui son regard, il sortit, accompagné de

Dutilloy qui maugréait contre la versatilité stupide des hommes.

— Eh bien ! ils ne sont pas drôles du tout ! — s'exclama Paul en riant. — Vrai, monsieur Robert Daniel, je crois que j'aurai fort à faire pour les convaincre de la pureté de mes intentions.

Robert ne l'écoutait pas.

Toute sa résolution, implacable, tombait s'écroulant sous un doute poignant.

Pourquoi Marcelle, au lieu de manifester sa joie d'être enfin réunie à celui qu'elle aimait, n'avait-elle eu qu'un silence méprisant pour cet homme ? Pourquoi était-elle venue près de lui, Robert, visage contre visage, droitement, sans trouble dans les yeux, sans hypocrisie possible, lui dire : « Alors, vous ne m'aimez pas ! »

S'était-il trompé ? Venait-il, involontairement de briser ce cœur de femme, incompris, soupçonné, calomnié, en brisant sa propre vie ?

Le rire de Paul le ramena à ce qu'il croyait la réalité brutale.

Il dit au jeune homme :

— C'est à vous qu'il appartient d'obtenir le pardon du colonel... Je vais le faire prévenir que vous demandez à lui parler. Attendez ici.

Robert sortit par le cabinet du fond.

Paul, resté seul, s'étendit à moitié sur le divan.

— N'importe que si ce brave industriel ne m'avait pas affirmé qu'elle m'aime toujours, je douterais légèrement.... Il va falloir apprivoiser le colonel, voilà le difficile... la maman, ça ira tout seul... mais c'est le papa. Bah ! six cent mille francs valent bien quelques efforts de diplomatie... Qui m'aurait dit, il y a trois jours, en débarquant, que la fortune me sourirait aussi tôt et que.... on vient...

Il se leva du divan.

Le colonel entrait.

V

DÉNOUEMENT

Paul fit deux pas en avant, le visage contracté par un sourire qu'il voulait rendre repentant et affectueux.

Le colonel l'arrêta d'un geste brusque. Il tordait sa grosse moustache blanche à l'arracher, et ses yeux étincelaient de colère sous les sourcils froncés.

— A nous deux, monsieur !

— Oh ! oh ! ça n'ira pas tout seul — pensa Paul, tout en augmentant la dose d'onctuosité de sa figure.

Le cabinet de Robert, très grand, avait au fond deux portes cachées par de lourdes tentures et donnant, l'une sur un escalier aboutissant au parc, l'autre dans le second cabinet qui avait

servi de salle d'attente à Paul de Rassenetz avant
que Robert le présentât aux Donval.

En même temps que le colonel prononçait, menaçant, les paroles qui donnaient à réfléchir à son
partenaire, les deux portes s'ouvraient à la fois,
sans faire de bruit, et chacun de leur côté, deux
arrivants, unis par la même pensée, s'arrêtaient
derrière les tentures, retenant leur souffle et
écoutant.

C'étaient Robert Daniel et son père.

Le colonel parlait, debout, dardant son regard
méprisant sur Paul, la voix vibrante, les poings
fermés maintenant comme s'il allait fondre sur
son vis-à-vis.

— Monsieur Paul de Rassenetz... il y a trois
ans vous avez apporté la honte et le déshonneur
chez moi. Reçu comme un fils, vous avez trahi
les lois de l'hospitalité en abusant d'une pauvre
fille qui a cru à vos paroles dorées.

— Mais aussi je suis prêt...

— Silence !... Vous vous êtes sauvé comme un
lâche, laissant la malheureuse dans toute l'horreur de sa situation. Je vous ai cherché, pour
vous tuer, mais vos pareils ont les pieds légers,
vous étiez déjà loin, parti sans doute à la recherche
de nouvelles dupes à faire, de nouveaux crimes
à commettre.

— Monsieur, je ne permettrai pas...

— Vraiment ! ah ! ah ! ah !... vous ne permet-
trez pas ?... Nous allons voir. La fille séduite est
devenue pour tout le monde madame Robert Daniel, un nom d'honnête homme, celui-là, et l'enfant du lâche partage ce nom respecté. Le calme
habitait cette maison, où la fausse situation allait
disparaître pour faire place au bonheur complet
de deux cœurs loyaux qui s'estiment, qui oublient
et qui s'aiment. La fatalité veut que votre personne maudite s'abatte sur ce nid heureux.

Paul comprit que tout se gâtait, que ses beaux
projets s'évanouissaient, que le colonel ne con-
sentait pas à la réparation tardive imaginée par
Robert, et n'ayant plus à espérer ce coup de fortune salué si joyeusement quelques minutes auparavant, il reparut ce qu'il était, le cynique débauché, le railleur impitoyable, sans foi ni loi.
Un rictus sardonique plissa sa lèvre et, faisant
pivoter une chaise, il s'assit en faisant mine de
réprimer une envie énorme de bâiller :

— Permettez... cher monsieur... vous en avez
peut-être encore long à me dire et je suis moulu.

Le colonel pâlit de fureur. Il tira de sa poche
un révolver et le braqua sur Paul.

— Tais-toi, drôle !

— Oh ! — fit Paul, sans qu'un muscle de
son visage bougeât — oh ! oh ! c'est sérieux,
alors.

Le colonel détourna son arme, il sentait qu'il allait tirer.

— Écoute, ou je te tue ! Marcelle m'a tout dit. Tu t'introduis dans cette maison sous un prétexte quelconque... tes honteuses passions te conseillent une suprême lâcheté.., et tu menaces cette femme, si elle ne veut t'accorder un rendez-vous, de divulguer à tous, grâce à des lettres écrites jadis, le secret pour lequel elle donnerait sa vie.

Les tentures d'une des portes s'agitèrent, un gémissement s'en exhala.

Le colonel poursuivit :

— Elle accorde, imprudente, ce rendez-vous, croyant, dans l'innocence de son âme, que tu n'as pu flétrir, démon !... croyant qu'avec de l'or elle pourrait racheter ces témoins de ton crime. La fatalité veut que M. Robert Daniel entende cette promesse de rendez-vous, sans savoir quelles infâmes menaces l'avaient arrachée. Il se croit trompé et insulte Marcelle, comme si la fille du colonel Donval était capable de s'avilir au point de te regarder encore sans mépris.

Robert, derrière la tapisserie, se labourait la poitrine avec ses ongles.

— Oh ! malheureux que je suis ! — murmurait-il — je l'ai soupçonnée !

Paul se leva lentement.

— Colonel... rendez-moi cette justice que ma

patience est celle d'un ange... mais il y a des
bornes à tout et je...

Le colonel marcha sur lui.

— Toi ! le mari de ma fille ?... de ma Marcelle,
à qui j'ai tout pardonné devant sa souffrance.
Toi ?... mais j'aimerais mieux t'étrangler de mes
propres mains que de la voir à ton bras une
seconde.

— Eh ! gardez-la !... Bonsoir !... — s'écria
Paul, pirouettant sur ses talons et se dirigeant
vers la porte du couloir.

Le colonel lui saisit le bras.

— Vraiment !... tu partirais sans le châtiment...
Voilà trois ans que je brûle du désir de me venger, de venger la société déshonorée par tes
semblables, et je te laisserais aller tranquillement porter la honte dans quelque autre famille.
Au nom des pères et des mères dont tu as souillé
le foyer, tiens !

Et le tenant toujours au bras, il le souffleta de
la main droite.

Paul de Rassenetz bondit en arrière.

— Un soufflet !... à moi !... vous m'en rendrez
raison.

— Je veux bien te faire cet honneur — dit le
colonel. — Tu ne le mérites pas, mais je sens,
moi, que je ne suis pas assez vengé et je veux te
tuer. Demain, mon ami Dutilloy recevra les té-

moins qui lui seront envoyés... pas ici, à l'hôtel
du Louvre, où nous nous retirons dans un
instant.

Et il sortit.

Paul, écumant de rage, tendit le poing vers le
couloir, où venait de disparaître le colonel.

— Va... je te tuerai, vieille bête !... Tant pis si
la société ne se trouve pas satisfaite ainsi.

Il se retirait.

Un homme lui barra le chemin.

C'était Robert qui s'était glissé entre la porte
et lui.

Le père Daniel allait sortir de sa cachette. Il
rentra la tête et se remit à écouter.

— Ah !... M. Robert Daniel... je ne vous avais
pas entendu entrer. Je vais prendre congé de
vous, car...

— Pas avant de régler certain compte avec
moi — répondit Robert, d'un ton si sombre,
qu'il n'y avait pas à douter de la nature de l'explication.

— Vous aussi ? — s'exclama Paul. — Bah!
pendant que j'y suis. C'est une série à la noire...
ça rentre dans ma martingale.

— L'heure n'est pas aux plaisanteries. J'ai as-
sisté, caché là, à l'entretien que vous avez eu
avec le colonel Donval, j'ai tout entendu et j'ai
droit, avant lui, à une réparation par les armes.

— Soit. Permettez-moi, cependant de vous faire observer que je pourrais vous la refuser, ne vous ayant en rien offensé, puisque vous n'êtes que le mari... platonique de Marcelle.

— Vous l'avez crue ma femme, quand, par les moyens que M. Donval qualifiait justement d'infâmes, vous obteniez d'elle ce rendez-vous. Donc, j'ai le droit d'être offensé des projets que vous aviez d'attenter à mon honneur et j'exige une réparation.

— Vous exigez... oh!... oh!... Enfin je ne veux pas vous refuser cette petite satisfaction de recevoir une leçon méritée. J'ai, du reste, des loisirs et, dès que j'aurai fini avec ce vieux soudard...

— Non pas — interrompit Robert avec violence — c'est à cette heure que vous aviez le rendez-vous avec celle que vous pensiez être ma femme, c'est à ce moment que vous vouliez porter la honte dans ma maison, c'est maintenant, c'est tout de suite que je veux vous punir de l'offense que vous vouliez m'infliger.

Paul se croisa les bras, railleur.

— Comment!... tout de suite?... ici?... dans ce cabinet ?

— Non... là-bas dans le parc... à l'endroit même du rendez-vous. Allez m'y attendre. Faites le tour du parc par la route. Vous deviez escalader le mur pour éviter que je vous visse, vous l'escaladerez avec ma permission. Je serai au pavillon en même temps que vous avec deux épées.

— Comme ça, sans témoins, pour qu'on dise que je vous ai assassiné? Merci.

— Je le veux.

— Et si je ne le veux pas, moi? — ricana Paul.

— J'emploierai pour vous y contraindre les mêmes arguments que le colonel.

Et Robert leva la main sur Paul qui se recula pour éviter le soufflet.

— N'osez pas! — hurla-t-il, les yeux injectés de sang, la bouche écumante de rage. — n'osez pas!... Vous avez signé votre arrêt de mort, malheureux! Je cours là-bas vous attendre et si vous n'y veniez pas, c'est moi qui reviendrais ici vous chercher.

Il poussa la porte, bondit par l'escalier, courut à la grille, l'ouvrit et s'engagea à droite dans le chemin qui devait le conduire extérieurement à l'extrémité du parc.

En même temps qu'il sortait, le père Daniel, avec mille précautions, quittait sa cachette à reculons, refermait la porte derrière lui et courant aussi, gagnait sa chambre d'où il ressortait presqu'aussitôt pour entrer dans le parc.

— Robert avait décroché d'une panoplie deux épées de combat.

Après avoir jeté à la hâte quelques lignes sur

une feuille de papier qu'il avait ensuite mise
dans une enveloppe à l'adresse de son père, il ouvrit la porte pour sortir.

Il se recula, soudain, cachant vivement les
épées derrière un fauteuil.

Vers lui s'avançaient le colonel et Dutilloy,
ayant leur pardessus et coiffés de leurs chapeaux
et, derrière eux, madame Donval et Marcelle,
également habillées pour le départ, masquaient à
moitié Rose, portant dans ses bras Jeanne en-
dormie.

Robert trembla de tous ses membres et bégaya :

— Comment... vous... partez?

— Oui, monsieur Robert — dit le colonel d'une
voix grave et lente — nous n'avons plus rien à
faire ici... et nous venons vous dire adieu.

Dutilloy fit un pas en avant et s'écria :

— Et vous pourrez dire que vous m'avez bien
trompé, vous! J'avais fait presque une exception
en votre faveur. Eh bien, vous ne valez pas mieux
que les autres... vous n'êtes qu'un... homme.
Partons.

Robert ne l'écoutait pas. Il regardait Marcelle
que soutenait madame Donval, Marcelle qui partait pour toujours, Marcelle qu'il avait calomniée,
outragée cruellement, irréparablement, il le
voyait.

— Marcelle — dit-il, suppliant — vous partez?

— Ne le dois-je pas ? — répondit-elle — je vous remercie monsieur Robert pour la pitié et la sollicitude que vous nous avez témoignées, à Jeanne et à moi.

— Marcelle — balbutia Robert en joignant les mains — pardonnez-moi !

Marcelle eut un sourire doux et triste.

— Je m'étais méprise. Je croyais avoir su m'élever au-dessus de tout soupçon de votre part. J'avais trop présumé de moi-même sans doute et je n'ai jamais pu chasser de votre esprit les doutes cruels qui n'ont demandé qu'un hasard fatal pour s'affirmer. Vous n'entendrez plus parler de nous, monsieur Robert, mais ma fille priera soir et matin pour celui qu'elle a cru son père et dont elle vénérera toujours le nom.

Robert fit un mouvement pour se jeter aux pieds de Marcelle. Il se contint. Il n'avait plus le droit d'offrir sa vie en expiation du mal causé par lui ; cette vie ne lui appartenait plus, il pouvait être tué dans un instant par l'*autre*.

Avec les mains, il se voilait la face pour cacher l'horrible souffrance qui la contractait.

On entendit des sanglots étouffés. C'était Rose qui pleurait ce bon maître qu'elle avait en adoration.

— Allons, mon père — dit Marcelle — partons, il le faut.

Elle aussi n'avait plus la force de contenir sa douleur; elle sentait se fondre toute l'énergie dont le sentiment de la conscience révoltée l'avait armée.

— Marcelle — gémit Robert — un instant encore... colonel... je vous en supplie, ne partez pas... demain... j'ai à vous parler... je vous demande un jour... un seul jour...

— Voyons, Donval — fit Dutilloy — un jour, ce n'est pas le diable. Il me semble que nous pouvons attendre à demain.

— Impossible — répond le colonel qui hésita quelques secondes, mais se souvint que les témoins de Paul devaient venir le trouver le lendemain à l'hôtel.

Marcelle prit son père par la main.

— Mon père, il n'est pas digne à nous de rester une minute de plus ici. Vous m'avez pardonnée, je n'ai plus rien à espérer ici-bas et ma vie vous appartient.

— Vous êtes implacable, Marcelle — dit Robert. — Si vous saviez combien je vous aime. Ma souffrance ne vous émeut donc pas?

Marcelle se raidit pour mentir à ce que lui dictait son cœur.

— Je ne souffre plus, moi — répondit-elle — j'ai trop souffert depuis deux jours. Je ne sens plus mon cœur.

— Alors une minute d'égarement peut effacer dans ce cœur tout ce que je croyais y avoir amassé d'amour ?

— Il est trop tard... Vous n'avez pas oublié... vous n'oublierez jamais... quelqu'un se dresserait toujours entre nous...

Un coup de feu retentit dans le parc.

Tous tressaillirent.

Robert se précipita à une fenêtre et l'ouvrit. La nuit était sombre. Il prêta l'oreille ; un faible bruit arrivait, grandissant de seconde en seconde, comme le pas d'un homme sur le gravier fin d'une allée.

Le tapis de l'escalier résonna sourdement et le père Daniel, un fusil à la main, apparut derrière les Donval.

— Ne faites pas attention. C'est moi qui ai tiré sur un oiseau de proie.

Robert se précipita vers son père, l'entraîna au bout de la chambre, pris d'un pressentiment et lui dit tout bas :

— Qu'est-ce ?... dis-moi ?...

— Un voleur qui franchissait le mur du parc au pavillon, et que j'ai guéri de la maraude.

— Malheureux !... c'était.....

— Je le sais — interrompit le père Daniel toujours sur le même ton. — Bah ! voleur de pommes

ou voleur d'honneur c'est tout un... et ma poudre
est bien employée.

— Adieu, monsieur! — dit le colonel entraînant sa fille.

Robert, sans quitter sa place, tomba sur les
genoux les mains en avant et, dans un suprême
sanglot où semblait avoir passé toute son âme, il
s'écria :

— Pardon, Marcelle !

Marcelle se retourna... hésita une seconde...
puis s'arrachant brusquement aux mains de son
père, elle poussa un grand cri et vint s'abattre
dans les bras de Robert.

— Non... je vous aime trop... je ne peux pas !

— Enfin ! — s'écria le père Daniel qui, dans sa
joie, embrassa Dutilloy, madame Donval et Rose
— enfin ! j'aurai donc un petit-fils !

. . . .

Deux mois après, dans le petit village où Jeanne
avait été en nourrice, Robert et Marcelle se ma-
riaient.

On ne sut jamais à Mennecy le nom du marau-
deur tué par le père Daniel. Robert avait été faire
la déclaration, la nuit même, au procureur de la
République, à Corbeil.

Le corps de Paul, transporté immédiatement à
la ville, n'avait aucun papier qui pût le faire reconnaître et l'honorabilité des Daniel sanctionnant

leur déposition l'affaire avait été rapidement classée et oubliée.

Pourtant une lettre anonyme avait prévenu le parquet que Robert Daniel était le chef d'une bande de brigands et que si l'on voulait bien fouiller le parc, c'est par douzaines qu'on retrouverait les cadavres des victimes de ce malfaiteur.

Inutile de dire qu'on avait jeté cette lettre au panier, comme émanant d'un sinistre farceur. Mais à partir de ce jour, les Caravan ne manquèrent pas une occasion d'accuser la magistrature française de sa profonde corruption.

FIN

TABLE DES CHAPITRES

ÉMILE COLIN. — Imprimerie de Lagny.

AVIS DE L'ÉDITEUR

Le but de la collection des *Auteurs célèbres*, à **60** *centimes* le volume, est de mettre entre toutes les mains de bonnes éditions des meilleurs écrivains modernes et contemporains.

Sous un format commode et pouvant en même temps tenir une belle place dans toute bibliothèque, il paraît chaque quinzaine un volume.

CHAQUE OUVRAGE EST COMPLET EN UN VOLUME

En jolie reliure spéciale à la collection, **1 fr.** le vo

ENVOI FRANCO CONTRE MANDAT OU TIMBRE

Imprimerie LAHURE, rue de Fleurus, 9, à Paris

www.ingramcontent.com/pod-product-compliance
Lightning Source LLC
Chambersburg PA
CBHW071859020726
47502CB00003B/820